メルカリで知らん子の絵を買う

藤原麻里菜

文藝春秋

JN190709

メルカリで知らん子の絵を買う

目次

メルカリで知らん子の絵を買う

以前、新宿花園神社の蚤《のみ》の市をぶらぶらしていたとき、ラピュタのシータが描かれた水彩画を見つけた。額にも入っておらず、厚手の画用紙をそのまま仏像に立てかけて飾られていたのだが、そのシータはなんというか、10歳の子が描いたら褒めるけど30歳の人が描いたら「へぇ……あ、そうですか」となるような出来栄《ば》えで、そのちょっと不恰好で芋くさく素人っぽい絵に、性格がねじ曲がっている私の心は射抜かれた。「これいくらですか?」と聞くと、店主のおじさんはニヤニヤしながら「3000円」と答え、今思えば「ええ、3000円⁉」という反応が正しかったと思うが、その時の私は「この絵を買えるのであれば、いくらでも金は払う」と、オークション会場の金持ちみたいな心持ちだった。なので、3000円と聞いても眉ひとつ動かさずに「そうですか」と言って、絵のディテールを眺めた。消しきれていない鉛筆の下書きの跡、目と鼻のパーツが絶妙なバランスで崩れている顔。ひねくれた私だからこそ、この絵に真っ直ぐな純粋さを感じている。上からじっくり眺め、右下に書いてある「みやざきはやお」のサインを見つけた時、店主が「これ、宮崎駿《はやお》が描いた絵なんですよ。ほら、サイン」と指をさした。さめた。帰った。

不器用なあの絵。今でもたまに買えばよかったなあと思い出すけれど、ニヤニヤしながら贋作《がんさく》を売る店主の利益にならなくて正解だったと思う。贋作を売るならもっと飄々《ひょうひょう》としていて欲しい。それだったら買っていただろう。あの絵には真っ直ぐな純粋さがあった。誰かが純粋に描いた絵の上に、あの店主がニヤニヤしながら宮崎駿のサインを真似て書き足したとしたら……そんな想像をしては勝手にムカつく。ああ、あの店主じゃなければな。あの絵と出会ってから新しい嗜好の引き出しが生まれたのに気づいた。素人が描いた絵が欲しい。

問題は、そういった絵は普通の流通には乗ってこないことである。アーティストが描いた絵は画廊に行けば買えるが、知らん人が描いた絵はどこに行けば買えるのだ。蚤の市にちょこちょこ顔を出すようにしているが、あれ以来見たことがない。私が全ての信頼を置いているホームセンターのコーナンでさえ知らん人の絵は売っていない。

思うものを手に入れられないストレスからか、私のこの欲望はちょっとずつ歪み始めた。「知らん人が描いた絵が欲しい」だったのが、だんだんと「知らん子どもが描いた絵が欲しい」、いや、「知らん子どもが描いたその家族の絵が欲しい」と、ちょっと猟奇的なものになってきて危ない。このままいくと、ご家庭に盗みに入ってしまうかもしれない。

そんな私に一つの希望を与えたのがメルカリだ。メルカリは家にある不用品などを売り買いできるアプリだが、その治安は横浜の寿町のようだ。使いかけの化粧品とか、ブランドのショッピングバッグとか。フリマというか路上にブルーシートを広げた露店みたいな感じである。ここなら、きっと知らん子の絵が売っているはず。見境なく家にあるものを出品し続けた結果、子どもの描いた絵をなんかの拍子に出品しちゃった親がきっといるはずだ。さて、なんて検索しよう。手始めに「子ども絵」で検索をしてみると、絵本などの既製品がヒットしてしまった。続いて「自画像」「イラスト」などのワードを検索してみると、半アマチュアな人たちが自作の絵を出品しているのを散見できた。観測する限りでは、流行のアニメのすごく良くできたイラストだったり、写真を送るとかわいらしいタッチで似顔絵を描いてくれたりするそんな出品者が多く、私が欲しているイラストとは少し遠い。

でも私は諦めない。少し検索ワードを工夫しよう。「我が家の画伯」。これはどうだろう。我ながら頭が良いチョイスである。もし自分が子どもの絵を出品する親だとしたら、きっと商品説明欄に「我が家の画伯が描きました（笑）」という一文を入れているに違いないのだ。検索すると、やはり数件ヒットした。でも、コピー用紙に鉛筆で描いたような落書きで、そういうのじゃないんだよね。

もうちょっとヒットできるように大雑把な検索ワードにしよう。「娘 絵」で検索して、どんどんスクロールしていくと、同じ出品者だろう似たタッチの子どもが描いた絵が何件かでてきた。家族や友達をクレヨンで描いたような人物画が多いけれど、その中で一つだけ茶色いクレヨンで塗りつぶされ、目と鼻がボーリングの穴みたいになってる「6歳が描いた『犬』」というタイトルの商品があった。犬というか、駅でぼーっと人を待っている感情のない若者みたいなその絵に強い衝撃を受け、商品の紹介ページをクリックすると、説明欄には「娘が自分でお金を稼ぎたいと言い出したので出品しました。売り上げはおやつ代になります」と書いてあり、値段は300円だった。犬の顔を見つめていると、歪んでしまった私の欲望がだんだん正されていく。買った。

メルカリは出品者と購入者でメッセージのやりとりをすることができるのだが、購入してしばらく経つと出品者からメッセージが送られてきた。「ご購入ありがとうございます。娘が狂喜乱舞しております。すぐに発送させていただきます」

「ほっこり」という言葉に苦手意識があったが、この気持ちは「ほっこり」以外の何物でもないなと思う。知らん子の絵が欲しいという気持ちの悪い欲望と「自分でお金を稼いでみたい」という6歳の女の子の素直な欲望がマッチし、最高のハーモニーを生み出してしまった。外資系の会社員がこれを知ったら「Ｗｉｎ－Ｗｉｎだね」と言うにちがいない。

2日後、封筒が届いた。ワクワクしながら丁寧にテープを剝がすと、きっちりと犬の絵が入っていた。へっへっへ。知らない子どもの絵が私の手にある。しかも私が買ったことによって、知らない子のおやつがちょっと豪華になっている。世界の営み。政治とか環境問題とか、そういうことには全く関係のないところにある私たちの歯車が回っている。余計なこと。私は人よりもたくさん余計なことをして生きていこうと思う。

嫌いな食べ物でもてなされる

ピーマンとトマトと椎茸が嫌いです。ピーマンは独特な苦味が。トマトは食感が。椎茸は申し訳ないけれど、すべてが嫌いです。大人になってから食べ物で好き嫌いがあるのはダサい気もするが、嫌いなものはどうしようもない。アレルギーではないので、出されたら心の中でシェフを恨みつつ、おいしそうにしながら食べることはできる。

知人宅にお邪魔してご馳走になるとき、「何か食べられないものとかある?」と聞いてくれたりすると、ありがたい。そんなときは、やはりトマトとピーマンと椎茸を挙げさせてもらう。すると、当日は当然のようにトマトとピーマンと椎茸が入っていない料理、例えば餃子など、が並んでおり、それを食べているときはトマトとピーマンと椎茸のことは微塵《みじん》も考えることはない。

嫌いなものは不在なことが多い。それは、私たちが嫌いなものを生活から当たり前のように排除し続けるからだ。苦手な友人とは疎遠になるのが普通だし、SNS

でも考えが合わないアカウントを見つけるとミュートやブロックを行う。嫌いなものがないユートピアを作り出すのは、どんどん容易《たやす》いことになっているのかもしれない。

そんな中で、私はトマトとピーマンと椎茸を食卓から排除して、何も考えずにおいしい餃子を食べている。世界がこんなに気持ちよく進んでいっていいのだろうか。もっと、世界というのは生きづらくてしょうがないものじゃないか。

なので、私は知人にこんなメールを送った。「私が嫌いな食材が使われた料理しかでないパーティを開きたいんだけど」すると、詳細を聞くでもなく「いいですね」とだけ返信がきた。すんなりと私の提案を受け入れてくれることにうれしさを感じつつも、あれ、もしかしたら私のこと嫌いなのだろうか、とも感じた。一抹《いちまつ》の不安をよそにあれよあれよという間に料理が好きな3名が集まり、日程もすんなり決まって、パーティが開催された。「藤原麻里菜の嫌いな食材で藤原麻里菜をもてなすパーティ」の始まりだ。

一人は椎茸を使ってデュクセルソースを作り、それをパスタにかけたものを出してくれた。椎茸をすりつぶして作ったソースは、私が感じる椎茸の嫌な部分を凝縮させたようだった。テーブルに出された瞬間、独特な匂いに嫌悪感を抱き、「これは完全に無理なやつだ」と思う。今でもその匂いを思い出せる。というか、鼻の裏側の粘膜みたいなところに匂いの分子がくっついている気がしてならない。テーブルには他に、トマトが丸ごと入ったスープ、椎茸が丸ごと煮込まれたもの、生のピーマンとそぼろ。そして、トマト・ピーマン・椎茸を具材にしたたこ焼きセットが並んでいた。すごい、全部私の嫌いなものだ。自分で提案しておいてなんだが、やはりここにいるみんなは私のことが嫌いなんじゃないかと、嫌いなものしか載っていない机を見て思う。

椎茸のデュクセルソースパスタを食べてみると、機械の味がした。思わず顔をしかめてみせる。周りの知人は「うまいうまい」と食べており、私が「みんなは機械の味しないの?」と問うと、「藤原さんは機械食べたことあるの?」と言われてしまった。食べたことはないよ。でも、これは機械だよ。

思えば、こんなにしっかりと椎茸料理を食べたのは初めてかもしれない。今までは母の手料理に入っているものをちょっとかじって「マズ」と残したり、居酒屋などで頼んだ料理にちょっとだけ入っている椎茸を感じて「これは食べるのを止めておこう」と思うなど、100%の椎茸ではなく、2%くらいの状態の椎茸しか口にしてこなかった。2%以上の椎茸を感じることは当たり前のように拒否をしてきた。

私は臆病なので、実はさっきから鼻の呼吸を止めていた。鼻から息をすることで、100%の味を感じてしまうのが怖いのだ。でも、せっかくの機会。鼻呼吸を再開し、舌の感覚に意識を向けてみた。デュクセルソースになった椎茸のエキスが舌の細かな穴に染みこんでいるようだ。そして、遺伝子がそれを拒否している。「椎茸を体に入れるな」と叫んでいる体の悲鳴が聞こえてくる。

「ほれ、ふいや」

「これ、無理だ」と舌を上顎につけないようにしながら言った。上顎につけると、椎茸のエキスがさらに舌に押し込まれてしまう気がするから、喋ることも慎重になる。用意していた普通のビールで口をゆすぎ、一気に飲み干した。「無理だったー」と、少し泣きそうになりながら言うと、みんなは私のことをちらりと見て笑い、すぐに「このソースどうやって作るの?」「止まらないわー」と、美味しそうに食べはじめた。正直、こんなに変な味がするものを自分以外の人間が美味しそうに食べるこの状況が、フィクションのようで、私は何か悪い夢でも見ているんじゃないだろうかと怖くなった。いや、この状況は私が作り出したんですけども。

口の中にかすかに残る椎茸をなんとかしてなくしたい。でも、机の上には私の嫌いなものしかない。とりあえず、トマトのスープをいただくことにした。トマトがまるごと入っているミネストローネのようなスープ。私は生のトマトが8嫌いだとしたら、茹でたトマトは4嫌いで、トマトの汁は1嫌いだ。つまり、トマトスープはそんなに嫌いじゃない。ざまあみろと、思う。トマトスープは美味しくいただくことができた。次は生のピーマンを食べてみよう。嫌いなものを食べるハードルが低くなっているので、生のピーマンくらいなんてことない。半分に切ったピーマンにナンプラーなどで味付けされた甘いそぼろを詰めていただく。あれ、これは美味しい。今まで嫌いに感じていたピーマンの苦みやシャキシャキ感の美味しさを理解することができたようだ。みんなが美味いと言っていたのはこれのことだったのか！　という発見。また、たこ焼きにピーマンを入れて食べたら、これもまた美味しかった。

食べ物への嫌いな気持ちのすべてが椎茸に振り切れたことによってなのか、ピーマンとトマトは美味しく食べられるようになった。なにここで嫌いなものを克服してるんだか。

みんなと同じようにピーマンの苦みやトマトの酸味を楽しんでいると、さっき感じた恐怖が薄れて、私と彼らの間にあった溝だってなくなっていく。夢からさめ、だんだんと夢の記憶が薄れていくように、現実に戻っていく。机の上に並んでいた私の嫌いな料理たちは、もうなくなって、それぞれお腹を叩いたりさすったりしていた。

料理を振る舞ってくれた一人は妊娠中で、今は生魚が食べられないらしい。予定日は1月なので、10月の今からはあと3ヶ月ほどある。寿司を食べることを楽しみに出産を乗り越えようとしているらしい。でも、コロナもあるし育児もあるし、もしかしたら生まれたら外食どころじゃないかもしれない。じゃあ、その3ヶ月間で私が寿司を握れるように特訓するから待っててね。まずは酢飯の作り方から学んできます。と約束をして、さよならをした。

世界を2時間食べ放題とする

体がどんどんだらしなくなるのを止められないでいる。世の中にあるご飯を全て食べたいから、ここのところ一日5食くらい食べているのだ。空腹を感じているかどうかに関わらず、その時食べたいものを食べるし、それで太るのであれば、その姿が自分のありのままの姿であるとさえ思うようになった。

「あれ？　別にどんな時に何食べてもいいんじゃね？」と気づいた瞬間から世界が変わった。世界が、食べ放題に見えてきた。ココスでハンバーグ食べた後に、天下一品でラーメンを食べ、その後珈琲館でパンケーキを食べる。それで終わりかと思いきや帰りにコンビニに寄っておさつスナックと納豆巻きを買う。現状、こんなことをしても何の法律にも引っかからないのである。書類送検くらいはされちゃいそうな暴走ぶりに思えるけれど、なんと今の法律では私のことは裁けない。あすけんダイエットアプリのお姉さんだけは、暴走している私を泣きながら引き留めようとするだろうが、そんなもんお構いなしだ。この世は食べ放題のバイキングだ。いわば、世界はすたみな太郎だ。クレジットカードで支払えば、すべて無料みたいなもんだし。

私の中に飲食自由主義の時代が到来してしまった。こうなったら、ダイエットアプリを削除して、自分の欲望のままに生きてみようと思う。そこで、こんなことを考えるようになった。この世界が2時間食べ放題だとしたら、自分はどの店に行って、何を食べるだろうか。世界が食べ放題なので、店を何軒はしごしてもオッケーで、2時間以内ならどんなものをどんなタイミングで食べても大丈夫。お金のことは一回忘れて、一律金額の食べ放題と思い込む。

今日は朝ごはんを我慢して、お腹はちょうどいい感じである。13時から15時まで2時間の世界食べ放題。普通の食べ放題の店にならって、終了30分前の14時半をラストオーダーとしよう。そして私は今、なんとなく東京駅にいるので、ここの改札を出たところからスタートとする。よーし、スタート！

まずは腹ごしらえにスープでも飲むか。と、のんびりと丸の内の地下に入っているスープ専門店に入った。大好きなオマール海老のビスクを注文し、一息つく。地下を行き交う人たちを見て「私、今世界食べ放題しちゃってます……」と心の中で報告をしたりした。いや、一息ついている場合ではない。移動や注文で20分くらいかかっているので、制限時間ギリギリである。なぜ改札から出たらスタートというルールにしたのだろう。入店したらスタートのほうが合理的だっただろう。自分が作った遊びの自分が決めたルールに早くもほころびがでてしまった。結局、スープRTA（リアルタイムアタック）でもやっているのかというくらい高速で飲み干し、次に向かうことにした。

実はみんなに隠していることがある。私は横浜出身なので、崎陽軒《きようけん》が目に入ると必ず購入してしまう呪いが生まれたときからかかっているのだが、実はさっき、改札の中で売店を見つけ、反射的にシウマイ弁当を買ってしまっていた。もうこうってきたらルールが形をなしていないけれど、次は買っておいたシウマイ弁当を食べようと思う。

東京駅の丸の内口を出てまっすぐ行くと広場のようなものがあるので、そこで食べることにしよう。デパ地下に甘いおまんじゅうが売っていたのでそれと、コンビニに寄ってフライドチキンも購入した。弁当とまんじゅうとフライドチキンの袋をぶら下げながら歩いていると「本当にこんなことをしていいのだろうか」という思いがよぎったが、「ええい！　行くところまで行け！」と小ちゃい自分が頭の中で私を鼓舞した。

ちょっと小走りで広場に到着。お昼なので人が多いが、座ってご飯を食べられるスペースを見つけたので、そこを食べ放題スペースとして構えた。

まずはシウマイ弁当を食べる。私は特別得意なことや取り柄がない人間だが、シウマイ弁当のシュウマイとご飯、そしてタケノコのバランスをちょうどよく食べることにだけは長けている。特に意識してそれを習得したわけじゃなくて、自然と、いつの間にかバランスよく食べられるようになっていた。シウマイ弁当を食べているときは、このスキルを存分に感じられるから好きだ。今日もご飯が大量に残るでも、タケノコが大量に残るでもなく、ちゃんとバランスよく食べることができた。

ただ、二十数年の間シウマイ弁当を食べ続けているが、入っている杏子《あんず》だけはいつも残している。理由はまったくわからないのだが、生まれてこのかたこの杏子だけは食べたことがない。なんか、よくわからないけれど、食べたら災いが起こりそうな気がするのだ。食べ放題って食べ物を残したら罰金やペナルティを科されるところも多い。どうしよう。まあいっか、食べなくて。蓋をして、ごちそうさまをした。

フライドチキンに手をつけ、最後におまんじゅうを食べた。結構お腹いっぱいになったが、今日は世界食べ放題だから、もうちょっと食べなくては元が取れない。ラーメン。ラーメン……。いや、さすがにここからのラーメンはいくらなんでも……。いや、今日は世界食べ放題だぞ……。心の中で葛藤しながら、私はまた改札を通って中央線に乗り、神田で降りた。せっかくだし、東京駅で完結するのはもったいない。駅から少し歩くと、私の大好きな天下一品がある。迷わずに注文し、ラーメンを待つ間、自分のお腹をさする。「こんなことして、本当にいいんだろうか」という迷いはもうないけれど、「もしかしたら全部戻しちゃうかもしれない」という不安は大きくなっていく。運ばれてきたラーメンはキラキラしていて、こんなにお腹いっぱいなのに、するすると胃袋に入っていく。

会計をしてちょうど15時を過ぎ、私の食べ放題は終わった。オマール海老のビスク、シウマイ弁当、フライドチキン、まんじゅう、ラーメン。これが欲望のままに生きた自分の一食である。心に刻もう。帰りに神田達磨《だるま》でたいやきを一つ買って食べた。これは食べ放題に含まれない。

そして、私は太った。半年前に測ったときより10キロは太ったと思う。冒頭に宣言したように、自分の好きなものを食べた結果の姿は、自分のありのままの姿だと思う。だから、この姿が自分なのだ。今までが痩せていたのだ。そう思いつつ、寝転びながらYouTubeでダイエット動画を見ていたら、「ゆで卵ダイエット」というものを見つけた。なにやら、朝と昼に茹で卵を合計6個とフルーツとトマトを食べる食事制限をして、数日で数キロ痩せるというものだ。

いやいや、茹で卵6個で一日が持つわけないだろうと鼻で笑っていたのだが、茹で卵を食べている姿を見ていたら私も食べたくなってきたので、卵を買ってきて家で作った。動画にならって朝に3つ食べてみたら、昼になっても全くお腹が空かない。小腹が空いたらちょっとみかんを食べたりして、夜になり、また茹で卵を3つとフルーツを食べたら、それで満足した。そんな食生活が、続けるつもりもないのに1週間続いてしまい、5キロくらい体重が減って見た目もシュッとしてきた。本当の私の姿とはいったいなんなのだろう。

自分だけしか見ない服を買う

思い返せば変な服ばかり着ていた。古着屋で変な服を見つけると、「これは私にしか着こなせないだろう」と思って購入していた。もこもこの虎が刺繍されているスタジャン。サイケデリックなピンクのワンピース。カスタネット柄のブラウス。思い返すと懐かしい。もうそういった派手で変な服を着なくなって久しい。派手な服というのは、コーディネートを考えるのが難しいから、生活に追われるにつれて選ばなくなった。洋服のことを考える時間がどんどん減ってしまい、無難な服の凪《なぎ》のような無難さを愛するようになった。派手な服を着なくなったこと自体はネガティブなことではなく、お店で無難な服を手に取ると「この無難な服も私に着られることで最高な服になるだろう」と思うほどの自己肯定感はまだある。どうでもいいことだと思いますけど。

ずいぶんと地味になってしまったクローゼットを見ると、やっぱり派手で変な服にまみれているほうが幸せなのかなと思ったりする。しかし、凪のような服を愛する気持ちもそこにはある。

いつの間にかソーシャルメディアで、海外の安い洋服の通販サイトの広告がたまにでてくるようになった。広告というのは、ＡＩによってパーソナライズされていると聞く。ソーシャルメディアでの閲覧履歴や検索した文言を元に、この人はこんなものに興味があるだろうとＡＩが瞬時に判断して、効果的な広告を打てるようになっているらしい。ところが、その海外の通販サイトの広告に載っている洋服は、基本的にヘソがでている。そして、基本的に布の面積が少なく、１ミリでも動いたらすべてがポロンと出てしまうような、そんなギリギリを保つ表面張力みたいな洋服ばかりなのだ。

なぜこの服の広告が私のタイムラインに表れるようになったのか。私のインターネット上の振る舞いは、完璧だったはずである。派手な服を検索したこともないし、それに興味のあるそぶりをしたこともない。なぜ私がこれに興味があると思ったのかＡＩに聞いてみたい。ＡＩは心の奥底にある欲望さえも計算できるというのか。もしＡＩがこの文章を読んでいたら、連絡をしてくれ。

その広告が出始めてから、私はそのサイトをたまに覗くようになった。ＡＩの思うつぼである。しかし、そのサイトは種類が豊富で、表面張力ギリギリのものだけではなくて、日常生活で着ることができそうなものも売っていた。価格が安いので、そのサイトの中から私が普段着ているような凪の服を探し出してはカートに入れて、やっぱり買ーわない。という、あんまり生産性のない行為に時間を費やすことも多くなった。

そんなサイトと出会ってから数ヶ月、いや1年くらい経ったかもしれない。服って誰かに見せるために着る物なのか？　という疑問がわいてきた。今まで私が凪の服を選んでいる理由の一つに、他人に自分のパーソナリティを摑まれたくないというのがある。私には服によって人のことをジャンル分けしてしまう悪癖があって、その悪癖に自分自身も縛られている。この服着ていたら、こう見られちゃうかな。年齢にしてはこの服はちょっと痛々しいかなとか。服にはそういう対社会的な役割もあるけれど、それを本質にしてはいけないんじゃないかと思うのだ。もっと自分の好きな服を着ようよ！　って、心の中のきゃりーぱみゅぱみゅが叫んでる。

なので、自分の体型とか年齢とか趣味とかをまったく無視して、己の好きなままに好きな服をそのサイトで購入することにしたのだ。まず選んだのはクロップドトップスとミニスカートのセットアップ。グリーンのチェックで、ニットの素材だ。

モデルは高い位置で三つ編みをしていて、韓国のカルチャーを感じる。K-POPでいうと、TWICEの衣装みたいな洋服だ。そして、ブラックのタイトなワンピース。これがすごくて、横側がチェーンで編み上げられており、肌が丸見えとなっている。モデルはグラマラスな方で、横側が丸見えになっているのにもかかわらず、澄ました顔をしていた。最後にシルバーのラメのドレス。これはXに布をクロスして胸のところを隠している。これもほとんど肌が丸見えとなっているが、モデルはそんなことないみたいな顔をしている。

今までは、散々悩んで「買ーわない！」とウインドウを閉じていたけれど、今回は欲望のままに買う。住所を登録して、クレジットカードの情報を入力して、クーポンの番号を入れて、クリックを押した。

1週間くらい経っただろうか。洋服が届いた。テンションがかなり上がり、破くように荷物を開ける。まずは、TWICEの衣装のような服を着てみることにした。クロップド丈なので、ヘソが見える。そして、スカートのゴムに贅肉が食い込む。まったく似合ってはないと思う。この格好では絶対に外は歩けない。しかし、気持ちがとても高揚する。コスプレをする人の気持ちが少し分かるような気がする。普段自分の着ている服がいかに自分を縛り付けているか。似合うか似合わないかは置いておいて、逆の服を着ることで、その縛りから自分を解放させてあげることができる気がする。

ブラックのタイトなワンピースは、やはり横側の布がまったくなく、チェーンが肌にあたり冷たい。パンツとブラジャーが丸見えになった。この服を作った人は、いったいどこに着ていくことを想定して作ったのだろう。

シルバーのラメのドレスは、まず着方が分からなかった。数分ほど格闘して、なんとかそれっぽい着方を見つけることができたのだが、鏡に映った自分を見て、笑いが止まらない。まず私はモデルと比べて胸が小さいからか、象徴的な胸のクロスの部分が、サウナでタオルを首にかけている人のような、そんなだらんとした様子になっている。そして、やっぱりちょっとでも動くと人にあまり見せてはいけない部分がボロンと見えてしまう。普通の買い物であれば後悔する失敗になるんだろうけど、これは誰にも見せない買い物だから、失敗が愛おしい。

買った服はクローゼットのちょっと奥にしまってある。今は休日になると3つのうちの好きな服を取り出して、いつもより派手な化粧をして、鏡の前でダンスを踊ったりしている。パンツが見えたり肌が見えたりするが、笑えるし、楽しい。自分しか見ていないから。

目に付いた高い塔まで歩く

戸塚駅から横浜方面に向かう電車に乗っていると、車窓から灰と赤の配色の高い塔が見える。

私は戸塚で生まれて戸塚で育った。今は東京に住んでいるけれど、実家のある戸塚には度々帰る。戸塚と共にすごした28年間、その塔がずっと何か気になっていたけれど、特に調べる気にもならなくて、目に映る日常的な風景として受け入れていた。ゴミを燃やす施設か何かかなと思ったけれど、それにしてはちょっとデコボコしている。灰色のコンクリートのような塔に赤いリングがいくつも刺さっているような形で、下にある民家を見下ろすような大きな塔だ。レトロなSF映画で見るような軍事施設の電波塔のような気配を感じる。あれって一体なんなんだろう。テレビの塔？　やっぱり気になるからGoogleで調べてみようかと思ってスマホをポケットから出したところで、保土ケ谷という駅についた。スマホの電源を消して、電車から降り、長旅に備えて駅でトイレを済ました。

外に出るとすぐに目的地を見失った。建物に遮られてあの塔が見つけられない。

東口と西口、どっちがあの塔への出口だろうか。車窓からマクドナルドが見えた気がしたので、マクドナルドの案内のある西口へと向かう。しかし、依然として塔は見当たらない。塔を通り過ぎて保土ケ谷駅についたから、塔はその前の駅の東戸塚駅と保土ケ谷駅の中間地点にあるのは分かっている。建物のレイヤーがいくつも重なった景色を思い浮かべると、けっこう駅から離れた場所にあるだろう。頭の中でふんわりと地図を作った。とりあえず、駅を出て斜め左に歩いて行けば、近くまでは行けそうだ。飲食店や塾が立ち並ぶ道をまっすぐ行くと、だんだんと民家が増えてきて、住宅街へと入って行った。途中、美味しそうな小籠包のお店があったが、お金があんまりないので入るのはやめた。今度、誰かおごってくれる人をつれて行ってみよう。今は、斜め左に集中だ。

私は歩くことが好きだ。何も考えないでいいし、何かを考えていても、何も考えてないようなリラックスした心地でいられるから。

歩くってことで思い出すのは、中学生のときに急に思い立って奥多摩に行ったときのことだ。戸塚から奥多摩まで電車を乗り継いで、一人で奥多摩の鍾乳洞《しょうにゅうどう》まで観光に行った。親から高校になるまで許可の無い電車移動は禁止されていたので、かなりの反抗的な行動だった。親に対して反抗を示したいがために、奥多摩に行ったのだ。今思い返しても、あれはとてもパンクだった。

鍾乳洞までは奥多摩駅からバスで行ったけれど、帰りのバスが1時間後にしか来ないことを知った私は、駅までの道を歩くことにした。徒歩2時間くらいの道である。山道を1時間くらい歩いたところで、急に足が痙攣《けいれん》した。駅伝とかでよく見るやつだ！　と、今まで経験したことのない現象が自分の体に起こったことに少しテンションがあがったけれど、歩けなくて道の傍らにうずくまっていた。すると、1台の車が自分を追い越し、止まった。中からパンチパーマにサングラス、金のネックレスをつけた男性がでてきて「乗ってく？」と声をかけてきた。私は「駅までたどり着けるなら死んでもいいや」と思い、その車に乗せてもらい、世間話をして駅まで送り届けてもらった。あの人、元気かな。本当にありがとうございました。

そしてそれ以来、足が強くなった気がして、いくら歩いてもあんまり疲れを感じないようになった。今でも毎日1時間歩くのが日課だ。

つまらない道が続いたが、坂道がでてきた。坂になった道なりにたくさんの住宅が並んでいる道だ。勘を頼りに20分ほど歩いているので、そろそろ塔の気配を感じたい。坂を上ればきっと塔がどこかから見えるだろう。

たまに私を追い抜く車をうらやましく思いながら、坂をぐんぐん進む。見晴らしがどんどんよくなってきた。緑のある公園がでてきて、野球場だろうか、なんか広いスペースがある。スポーツをしている少年たちがいて楽しそうだ。スポーツとか全く興味ないけれど、スポーツをして楽しそうにしている人たちを見ると、なんかうらやましくてたまらない。

ずーっと斜め左に集中してきたけれど、そろそろ歩いて30分くらいになる。立ち止まってあたりを見渡すと、後ろを向いたときに塔が見えた。30分越しの塔は、車窓から見えるくらいまあまあ離れていた。いや、見当違いの場所にいるやん！　と、関西弁で自分に突っ込んで、ハハハと心の中で笑って無理矢理テンションをあげた。

セブンイレブンに寄って、グミとコーラを買った。グミとコーラでもやらんと、やってけないわ。グミをくちゃくちゃ食べて、コーラをグビグビ飲んで、塔を目指して歩き続ける。坂を上った高い場所にいるからか、塔が完全に見えなくなるということはなく、目的地が分かりやすくなった分、さっきと比べるとモチベーションを保ったまま歩くことができた。

進んでいくと、急に大きな高速道路が現れ、道を遮《さえぎ》られた。高速道路ってほんと、歩く人間のことをこれっぽっちも考えていない。車がなんだ。人間のほうが偉いぞ。

こちとら、二足歩行で頑張ってんだぞ。憤りながら人間が通ってもいい道を探し、迂回して渡った。

もう夕方だ。夕日が差し込んでオレンジ色になっている。かなり塔に近づいてきたのが分かる。坂を上っていくと、有刺鉄線のまかれたフェンスに囲まれた塔が現れた。着いた。あの塔だ。見上げると、古びたコンクリートが荘厳だ。赤い輪のようなものは近くでみるとなんだか禍々《まがまが》しい。塔の下にあるフェンスには「NTT仏《ぶっ》向《こう》無線中継所」と書かれていた。NTT仏向無線中継所……？　ポケットからスマホを取り出し、電源を入れ、ググってみた。Wikipediaを読んだけれど、よく分からなかった。近くのバス停で最後のグミを食べて近所の中学生たちとバスを待った。

一人でフレンチのコースを食べる

去年の夏、2日だけ軽井沢にいた。コロナウイルスの感染者数が減ってきたこともあって、羽を伸ばして小旅行にでも行くことにしたのだ。仕事で遠方に行くことさえほとんどなかったので、新幹線に乗って東京を離れるのはかなり久しぶりだ。去年の1月と7月に本を出版して忙しかった自分をねぎらうために、高いホテルを予約した。高いホテルと安いホテル、どちらも安息度は変わらないけれど、ねぎらい度は高いホテルのほうが高い気がする。

私が予約したホテルは、外観から軽井沢！　という感じで、ダイソーだったら「ザ・軽井沢」っていう名前で商品として打ち出すだろうなと思う。白い壁に黒い木が格子状に打ち付けられている西洋風のホテルだった。部屋は一人で泊まることを想定されていなさそうな広さだ。夕食と朝食込みのプランを予約した。なんと夕食はコース料理らしい。

出発の朝、私は押入れの奥から母から譲り受けた（母はおばあちゃんから譲り受けたのかもしれない）ブランド物のボストンバッグを取り出した。その中に頭の良さそうな学術書を何冊かと、夕食を食べるときに良い感じに見えるようなワンピースを詰め込んだ。学術書に飽きるのが怖いので、頭の悪い本も数冊入れた。すっかり重くなってしまったボストンバッグを持ち、普段は履かないヒールの高い靴を履いた。東京カレンダーに出てきそうな女性を憑依させ、タクシーに乗るとみせかけて、すました顔でバスを乗り継いで東京駅まで行った。カツカツというヒールの足音が気持ちいい。すれ違う人全員に、「一人で軽井沢まで行くんですよ。しかも一泊数万のホテルに泊まるんですよ。夕食は一人でコース料理ですよ。どう思いますか⁉」と絡みたかった。

コーヒーを買って新幹線に乗ると、なんだかセンチメンタルな気分になった。新幹線に乗ると決まってセンチメンタルな気分になる。ああ、これがセンチメンタルジャーニーか。もう28だけど。頭の中で独り言が止まらず、自意識に気持ち悪くなってきた。一人旅とは自意識との戦いでもある。と、私は思う。このセンチメンタルな気持ちを打破したくて、たまらずKindleで『ボボボーボ・ボーボボ』をダウンロードして読み始めた。慣れないヒールによる足の痛みも、ボーボボを読んでいる間は忘れられた。

軽井沢についた。風がさわやかで気持ちがいい。ホテルまでは歩いて15分ほどで、タクシーを使ってもいいけれど、せっかくだから街を見ながら歩くことにした。軽井沢に来たのは何年ぶりだろう。中学生ぶりかもしれない。中学生のとき、夏に家族で軽井沢に行くのが恒例になっていた。恒例といっても、2、3回くらい続いただけだけれど、その思い出が色濃く残っている。お母さんと行ったセゾン現代美術館でマン・レイの作品を見たことは、たぶん歳をとっても覚えていると思う。建物の名前も人の名前も物の名前もすぐに忘れる私だけれど、「セゾン現代美術館」と「マン・レイ」という名前はあの日から忘れていない。マン・レイのあの、チクタクする……なんだっけ。あの、音楽で使うチクタクするやつ。あれに目が貼り付けてある作品がすごく印象的だった。この旅でも2日目に再訪するつもりだ。

ホテルまでの道のりは思ったより退屈だった。軽井沢って駅から商店街みたいなところがあったような気がしたけれど、どうやら記憶違いのようで、点々とホテルや雑貨屋が並んでいるだけだったし、雑貨屋はどれも閉まっていた。そんなことより靴擦れが私を殺しにかかっている。それでもなお、東京カレンダーが憑依している私はボストンバッグを腕にかけてすました顔でカツカツ歩いている。一人でなにしてるんだって感じだ。

ホテルについてチェックインをする。高いホテルだからか、カウンターではなくて、ラウンジのようなところに案内されてホテルの説明を受けた。靴擦れがひどすぎて、絆創膏《ばんそうこう》が欲しかった。駅からホテルまではコンビニがなくて、絆創膏を手に入れるチャンスがなかったのだ。でも、「絆創膏ありますか？」と尋ねて、「ええ？　絆創膏……？」と気まずい雰囲気になるのが怖くてなかなか言い出せずにいた。ホテルの説明を聞き流して、案内された部屋に入った。


部屋は思いのほか広く、寝っ転がれるソファもあってベッドも大きい。しかもガラス張りのお風呂が部屋の真ん中に鎮座しているという仕様だった。一人でこの部屋に泊まるのに贅沢さと孤独さを感じた。靴を脱いで足を確認すると、もう、ボロボロだった。皮はめくれてピンク色のじゅくじゅくした皮膚がでており、はやく処置を施さなきゃと思ったが、未だにフロントに「絆創膏ありますか？」と聞く勇気がでなくて、とりあえずティッシュを巻いた。ティッシュに治癒能力はない。

風呂にお湯を張り、湯船につかりながら優雅に難しい本でも読もうと思った。当たり前だけど、靴擦れが染みて優雅どころではない。難しい本もまったく頭に入らない。観念して、フロントに電話をいれた。「絆創膏ってありますか?」「はい。ございますよ。いくつ必要でしょうか?」「……5枚、お願いします」

情けない。本当に情けない。「すぐにお持ちします」という言葉通り、めちゃめちゃすぐにお持ちされた。まるで私の靴擦れに気づいていたかのようで、恥ずかしかった。絆創膏を貼って、優雅なお風呂タイムが再開し、夕食の時間まで難しい本を読んだり頭の悪い本を読んだり、Netflixを見たりYouTubeを見たりと、もう家でよくない? と疑問に思うほどゴロゴロ過ごした。

夕食の時間になり、私は一張羅《いっちょうら》のワンピースに着替えて会場へと向かった。案内されたソファの席に座ると、他の宿泊客がまばらに見えた。カップル。カップル。ファミリー。私が案内されたのはL字になったソファの席で、横に観葉植物が置いてある。他の宿泊客が観葉植物の奥側に案内されているのを見ると、一人で来ている私を死角に追いやっているのではないかと思えてきた。これはとてもネガティブな思考でいけない。きっと、私が一人でも過ごしやすいようにこの席にしてくれたんだ。コース料理なので、食べ終わってから次の料理が来るまでの間の時間がある。人と一緒に来ていたらその間もおしゃべりなんかをできるはずだが、私は一人なので、その時間を潰すために本を持ってきた。もちろん難しいほうの本だ。私は自意識の塊なので……。この旅で痛いほどそれを感じ、もう受け入れることにした。

前菜はなんかゼリーみたいなやつ。しょっぱいゼリーみたいな。おいしかった。ワインは近くのワイナリーだろうか、国産のうまいやつを頼んだ。うまい。私は語彙が少ない。観葉植物の間から他の宿泊客の様子をのぞいてみると、みんな楽しそうに食事をしていた。なぜか安堵の気持ちがわいてきて、エリアマネージャーにでもなったみたいだった。

次は魚料理だったのだが、運ばれてきた料理がうんこみたいだった。魚を揚げてカレー粉をまぶしたような料理で……私が説明するとなんだか不味そうに聞こえるかもしれないが、本当においしかった。誰かと一緒にいたらきっと「うんこみたいだね」って言ってしまうので、一人で来て本当によかったと、このときだけは思った。

母の趣味に付き合う

母はいつの間にか山登りをするようになった。私が子どもの頃は、アクティブなことを母がしているのを見た記憶がない。朝はお弁当と朝ご飯を作ってくれて、パートに出かけて、帰ってきたら夜ご飯を作ってくれて、洗濯をして。そういえば、趣味という趣味をしているのを見たことがない。私が居間で乙女ゲームをやってキャーキャー言ったり、自分の部屋でギターを爆音でかき鳴らしたり、共有のパソコンでずっとネットゲームをやったりしていた間、母はそれをずっと無視して忙しそうに家のことをやっていた。

母にはずっと何か趣味があったのかもしれない。けれど、私はそれを知らないし、見ていなかった。

実家を離れてから数年経ち、久しぶりに帰ったら、私が作業部屋として使っていた部屋には大きいリュックサックに杖（トレッキングポールと言うらしい）、ナイロン製の帽子などが丁寧に床に置かれていて、その姿はまるで警察が陳列する押収品のようだった。離れてから知ったが、母は収納ボックスなどを使わずに、床に物を陳列する癖があるようだ。リビングには山に関する本やパンフレットが山積みになっており、それを避けるように飼い猫のカニが闊歩《かっぽ》していた。

そういえば、以前、母と父と一緒に山登りに行ったことがある。そのときは確か19歳くらいだった。父が「山頂まで登れたら1万円あげる」というので、しぶしぶついていき、自然を楽しむでもなく、一目散に山頂まで登りあげ、「はい、1万円〜」と、うざったい口調で父にお金をもらったのを覚えている。それが19歳だとしたら、もう9年くらい山に登っていない。20代というのはそういうもんだ。

2021年の11月の平日、私は暇だったので、母を誘って山登りに高尾山に行くことにした。朝、高尾山の駅で待ち合わせをして、母と落ち合う。母は大きいリュックに帽子を被り、ピンク色のシャカシャカ鳴るジャケットを羽織って、下はナイロン製のベージュのズボンを穿いていた。挨拶をするやいなや「上級者向けコースと初心者向けコースあるけれど、どっちがいい？」と尋ねてきて、私はそれをマウントと取った。山だけに……。

マウントを取られたらこちらも黙ってはいられない。すぐに「上級者コースに決まってるでしょ」と言って、ケーブルカーに向かう行楽気分の観光客を横目に上級者向けの山道に入っていった。上級者向けといっても、ある程度は舗装されていて、歩きやすいのだが。

地面にある落ち葉をざくざくと踏みながら一歩一歩前に行く。一歩、また一歩と前に進むごとに、母の山に関する注意が挟まる。「こうやって歩くと疲れないよ」ざくざく「人とすれ違うときは挨拶をするんだよ」ざくざく「階段は一歩一歩慎重に登るんだよ」ざくざく。今まで母に反抗的な態度を取っていた私だったが、今はもう大人なので、そのアドバイスをしっかり聞いて、登っていった。

落ち葉のざくざくという音と母の話が心地よく鳴り響く。見上げると黄色に染まった木の葉の間から青い空が見える。人が少なかったので、マスクを外し、久しぶりに深呼吸をしてみた。だんだんと母の話が途切れてきて、私も母も登ることに集中している。あとどれくらいで山頂だろうか。ということは、不思議と考えず、取り留めのない言葉が頭のなかに浮かんでは消えていき、今ではなにも覚えていない。きっと母も同じようだと、私はなぜか確信していた。

「高尾山はちょっと私にとっては余裕なのよね」と、母が嬉しそうに言う。聞けば、私が名前も聞いたことのない山にかなりの頻度で登りにいっているらしい。コロナが蔓延する前は、海外にも行って山登りをしていたようだ。山の予定がない日は鎌倉などに行ってトレーニングをしているらしい。思っていたよりも深い趣味だった。
私は母にそんなに夢中になれる趣味があることを嬉しく思う。それに、こうして母と二人で山登りをして、私も山登りの魅力を知ったことがなによりも嬉しい。28年間母と娘だったけれど、こうして何かを共有して、重なるように同じ時間を過ごすのは初めてかもしれない。レストランでご飯を食べながら近況を話したり、一緒に買い物をしたり、家でカニを撫でながら話すのとは、なにか違うものだった。

山頂まで登ると、たくさんの人たちが思い思いに過ごしていた。私たちは空いているベンチを見つけて、そこで母がリュックサックから簡易的なガスの調理器具を取り出してベンチに置いた。バンダナを下に敷いて、その上にガスバーナーを置き、アルミの小さな鍋を置き、その中にチキンラーメンと水を入れて蓋をした。風が強くてバンダナにガスの火が着きそうで怖い。母は急いで火を止めてバンダナを外した。「バンダナなんて、オシャレぶっちゃったわ」と笑って、また火を着けた。蓋を開けたら、びっくりするほど美味しそうなチキンラーメンができていた。チキンラーメンはチキンラーメンなのに、家で食べるそれとはまったく違うものになっていた。私と母はそれを丁寧に半分ずつ食べ、残った汁に白飯を入れて雑炊にした。チキンラーメンも雑炊も母のアイディアで、きっと山登りの経験によって得たものなのだろう。なんだか、私は誇らしくなって、周りにいる人たちに自慢してまわりたくなった。

帰りはリフトで降りることにした。二人乗りだが、なぜか母は私と二人で乗るのを拒否し、一人ずつ乗ることにした。リフトに乗っている最中、急に横側から「写真撮ります！　ポーズお願いします！」と言われ、私は急いでピースをした。「いいですね！」と言われ、「いいんだ」と思いながら、少し気分が上がった状態で下山した。母に写真を撮られたことを話すと「私は無視したよ」と言われ、少しショックを受ける。降りたところで「写真、できましたよ」と、スタッフに声をかけられ、一人寂しくリフトに乗った私がぎこちなくピースをしている周りに天狗やら紅葉やらがデコレーションされた写真を見せられた。明るいのか寂しいのか分からないその写真に今日の自分の感情を投影させて、なんだかエモーショナルな気持ちになったので、買うことにした。

母と土産屋に入り、何個かご当地の物を買い、近くのカフェでお茶をして解散した。本当はもっと一緒に何かをずっとしていたかった。けれど、私たちは疲れているし、今日は解散にして、また別の日にどこかで何かを一緒にしよう。

高尾山
Takao Tozan Railway
0129
2021/11/24

寿司を握れるようになる

友達が妊娠したので、寿司を握る練習をすることにした。妊娠中は生魚が食べられないようで、友達は寿司に飢えていたのだ。「出産したら食べられるから我慢だね」と慰めを言ってみたけれど、よく考えてみれば、子どもの面倒を見る時間が生活の多くを占めるだろうし、寿司を食べる時間を確保できないに違いない。

じゃあ、家で寿司を食べられるように、私が寿司を握れるようになるよ。そういう約束をしてバイバイした。

さて、寿司というのはどうやって習得すればいいのだろうか。生半可な気持ちでは習得できないのは知っている。寿司職人のドキュメンタリー映画を見たことがあるが、手の温度を管理したり、時には一見さんを断ったりとたいへんな苦労があるようだった。私はそんな職人になれるのだろうか？　インターネットで検索すると、寿司スクールがいくつかでてきた。「最短2ヶ月で即戦力へ」というキャッチコピーのスクールがある。友達は臨月で、もうすぐ生まれてしまう。2ヶ月では遅いのだ。あと学費も高く、正直、そこまでお金をかけられない。弟子入りするという手もあるなと考えた。しかし、仕事があるから週1くらいのシフトしか入れないし、「友達に赤ちゃんが生まれたので」なんて理由で辞めることは可能なのだろうか。

しばらくインターネットで探してみると、有名なチェーンの鮨屋が提供している3時間ほどのお料理教室を見つけた。3時間で寿司が握れるようになるなんて、この上ない機会だ。

当日、エプロンを持ってきてくださいとのことだったので、amazonで購入した黒いエプロンを鞄に入れ、築地に向かった。指定されたビルまで行くと、案内看板が立っていて、地下に降りるとそこにはキッチンスタジオのような設備の整った部屋があった。教室の奥には実際の店舗で使われているようなカウンターがあり、ここは実際に実習などで使われている場所なのだろう。

ロッカーに荷物を預けて、エプロンを装着する。名札の置かれたステンレス製のテーブルは、ひんやり冷たい。丸椅子に座って、教室の中央にあるホワイトボードを見ると、「・アジのお造り・貝のお造り・巻き寿司・にぎり寿司」と書かれていた。シンク一体型のステンレス製のテーブルは教室に3台あって、それぞれに4席ずつパイプ椅子が置かれており、全ての椅子が埋まっていた。テーブルの上にはまな板と材料たちがあり、私たちはそれを見てこれから握る寿司を思っていた。

先生が登場すると、自然と拍手が起きた。調理白衣を着た先生は、50代くらいの潑剌《はつらつ》とした男性で、ダジャレを言ったりユーモアを交えて私たちに今日やることを説明してくれた。

基本的に先生が前のテーブルでお手本を見せて、それを私たちが自分たちのテーブルで実践するのを繰り返すだけなのだが、見るのとやるのではやはり違う。先生たちに手助けされながらお造りやにぎり寿司を完成させていく。私のアジのさばき方を見て先生が「どこかでやってたでしょ?」と気分のあがる言葉をかけてくれた。他の生徒にも「もう職人になれますね。配属店舗決めましょうか?」といった言葉を流れるように言っている。お世辞とは分かりながらも、そんな言葉をかけてくれると、こちらのテンションは上がるほかない。

「にぎり寿司はね、簡単なんだよ!」と、先生が言う。「握るのがおにぎり、ほぐすのが寿司。シャリをほぐすイメージでふんわりと形を作っていきましょう」簡単と言っても、摑《つか》むシャリの配分が難しく、最初に作ったマグロのにぎりは通常の2倍くらいの大きさになってしまった。それを見た先生たちが大爆笑していた。私は我が子を笑われたようで悔しかった。日本一の寿司職人になって見返してやろうかという気持ちになったけれど、面倒だし他にやることがたくさんあるのですぐにその考えは撤回した。先生は私の顔が曇ったのを気にしたのか「でも、たくさん食べたい人にとってはいい量だよね」と、フォローを入れてくれた。脳のどの部位が発達したら、人の気分を良くする言葉がサッと出てくるようになるのだろう。寿司の握り方よりもそっちのほうを学びたい。

寿司教室から少し経ち、友達は無事に出産した。すぐにでも寿司を握りに行きたかったものの、新型コロナウイルスの状況もあり、中々会いに行けず、5ヶ月が過ぎた頃にようやくお家にお邪魔することになった。一緒に寿司教室に行った友達が魚を買ってきてくれたので、それを握っていく。正直、もう5ヶ月も経っているから全てを忘れている。覚えているのは「握るのがおにぎり、ほぐすのが寿司」「どこかでやってたでしょ?」という二つの言葉だけ。肝心な握り方は曖昧《あいまい》なままだ。

曖昧なまま酢飯を手に取り、曖昧なまま握ると、酢飯がほろほろと崩れていき、手のひらには何も残らなかった。何も残っていない手のひらにマグロの切り身を乗せて皿に盛った。「これが私が習った寿司です」と言うと、友達は絶望し、赤ちゃんも泣き始めた。

幸いにも一緒に行った友達らが握り方を覚えており、それを見て私もぼんやりと

「ああ、こうだった」と思い出していった。切り身を大量に買ってきたこともあり、私たちは、これでもかというくらい寿司を握り、いくらの軍艦まで作った。

友人宅にある大きめのお皿は全て私たちの握った寿司で埋まった。最初は失敗したものの、最終的にはしっかりと寿司の形をした寿司のようなものを作ることができた。食べてみると、それはしっかりと寿司だ。寿司って、もしかして簡単なのではないか。高尚な食べ物であるような気がしていたが、それはブランディングなだけであって、先生が「寿司って簡単！」としきりに言っていたのは、寿司業界の闇を暴く一言だったのかもしれないなどと考えていた。材料費を割り勘したら、一人1800円ほどになり、友達は「一人1800円でこんな寿司を食べられるなんて嬉しい！」と喜んでいたが、後日、Instagram のストーリーズをぼーっと見ていたら、赤ちゃんをベビーシッターに預けて回らない鮨屋に行っていたのを発見した。

プチ整形をする

「良い顔してるな」と言われたことをずっと心に留《と》めている。私は容姿にコンプレックスがかなりあったのだが、飲み会のときにふと友人が私の顔を見て「良い顔してるな」と言い、その隣にいた別の友人が同意するように深く頷《うなず》いた光景は死ぬまで忘れないと思う。それが、私のコンプレックスを全て払拭してくれた。私はいわゆる世間一般でいう美人ではないが、〝良い顔〟である。一重な上に吊り目で目つきが悪く、鼻先は上に上がっていて、顎がちょっと曲がっているが、それが〝良い顔〟を作り上げている。私は美しい。その日以来、自分の顔が大好きになって鏡でよく見るようになった。美しい、良い顔だと、念じるように思うけれど、なにか不完全なものを感じていた。

最近になって自分の顔の不完全さの正体に気づいた。それは顎が小さすぎるということだ。曲がっている上に小さいので、口を閉じると梅干しみたいなしわが顎にできる。まあ、その梅干しも可愛いっちゃ可愛いのだけれど、もうちょっと顎が前に出ていたらどれだけいいだろうと思うようになった。姿勢が悪いので、もしかしたらストレッチやマッサージでそれを改善したら、顎を前に押し出すことができるかもしれないと考えた頭の悪い私は、「顎　前に出す」で検索をした。すると、美容整形の病院のホームページにたどり着いた。そこには、ヒアルロン酸を注入することで好きな形の顎を形成することができる旨が書いてあった。暇だし、ちょっとカウンセリングでも行ってみるか。

当日、初めての美容整形の病院にドギマギしながらも受付を済ませて、長い待ち時間を待合室で過ごした。待合室にあるテレビには、整形で外見が変わった人の映像が流れていて、みんな幸せそうな笑顔をしていた。二重にする手術、おでこのカーブに丸みを足す手術、エラをなくす手術、肌をツルツルにする手術、脂肪を吸引する手術。様々な術例が紹介されている。いろんなコンプレックスがあるんだなというのと同時に、術前でも全然綺麗なのにな、と、つまらないことを思ってしまった。

かなり長い待ち時間の後、番号を呼ばれ、カウンセリングの個室に案内された。私が顎のコンプレックスを述べると、ヒアルロン酸注入のいくつかのパターンを提案された。ヒアルロン酸というのはだいたい2年くらいで体に吸収されてしまうらしく、その度にメンテナンスとして来院しなければならないらしい。プロテーゼを入れるという案も提案されたが、ヒアルロン酸を注射で注入するのに比べて、プロテーゼは大がかりな手術をしなければならず、そこまでの覚悟は私にはなかった。軽い気持ちでカウンセリングに来た私だったが、話を聞いたり、術例を見ているうちに、だんだんと気持ちが傾いていく。「今日やりますか?」と言われ、今日できることに驚きながらも、ええい、ここまで来たらノリで顎作ってやる! という気持ちで、承諾した。

手術——というほど大掛かりなものではないが、その前にはまた長い待ち時間があった。自分の顔の形を変えてしまうことに、少しの恐れがあった。整形というのはセンシティブである。「親からもらった体を~」と批判する人も多い。しかし、私はこれまでにピアスをたくさん開けたり、さらにそのピアスの穴を拡張したり、太ったり、痩せたり、さんざん親からもらった体を自分勝手に扱ってきたし、親も好きにさせてきてくれた。

しかし、整形をすることで、世間の作り上げた美という幻想に打ち負かされることになるんじゃないかという疑念があり、これは私をかなり悩ませた。画一的な美に批判的な立場を取っていたけれど、私が今やろうとしていることは真逆なことだ。自然な自分を愛することこそ、美しさだと信じているが、それでも顎がちょっと欲しい。

しばらく待った後、番号を呼ばれて個室に案内された。さっきとは違う個室で、4畳ほどの部屋にベッドが1台置いてあり、そこに寝転ぶとベッドの上体が斜めに上がった。ガラガラと道具の入ったワゴンを押した女医さんと看護師さんが部屋に入ってきて、「じゃあ始めますね」と、私の顎に注射器を刺した。ヒアルロン酸が顎に入る感覚は何とも形容しがたい。異物が体に入ってくる不快感があるような気もするが、拒絶するほどではない。冷たいゼリーが入ってくる気持ちよさのようなものも感じていたかもしれない。ヒアルロン酸を注入した後、女医さんが指で顎をつまみ、成形する。陶芸のように顎が作られていく。

「できましたよ」と鏡を渡されると、驚いた。「顎が、ある！」思わず口に出してしまい、先生に「顎はありますよ」と事務的に対応された。

この完璧な顎を目の前にしたら、待ち時間でモヤモヤと悩んでいた細かいことが吹き飛ぶように消えていく。見よ、この顎を！　マスクを外して見せびらかしたいところだけれど、それはセーブし、人気のない路地でマスクを外し、カメラを起動してインカメラボタンを押した。画面に映る私は、まさに〝良い顔〟だった。慣れない自撮りを何枚もした。家に帰ってからも何枚も自撮りをした。

美しさというのは自分で決めるものだと私は思うが、その決定は時代の流れによって揺らぎがあるものだ。「良い顔だ」と言われてコンプレックスが払拭されたときみたいに、この先どこかで誰かに何かを言われて顎の小ささを肯定できるようになった可能性だってある。しかし私は、整形という手段で自分の納得する美しさを作った。それもまた肯定されるべきことだと思う。

そして、私は整形に対してとてもオープンに語ることにした。人と会ったら「この前顎にヒアルロン酸入れたんだけどね」と話を切り出すと、私の友人たちは驚くことなく話を聞いてくれる。顔を少し自分好みに変えることは、そこまで特殊なことでも、軽蔑されることでもないのだ。「前のほうがよかった」なんてつまらないことを言う人にも今のところ出会っていないのは幸いだ。

天井を見続ける

私が余計なことで忙しくしているのには理由があって、それは去年〔二〇二一年〕の2月くらいに病気になったからだ。不安障害という病気で、漠然とした不安が常につきまとって、頭痛や動悸など身体的な症状がでる。予定も何にもないのにバイトの面接に行く前みたいな緊張感がずっとある。通院して薬で治している最中なのだが、薬よりも何よりも、余計なことで自分を忙しくするほうが効果があるような気がして、今までやってこなかったことや、優先度の低いタスクを隙間時間にこなして、忙しい毎日を送るようにしている。

忙しくしていると不安を忘れる。だから、暇ということを敵にして、常に時間を何かで埋めるようにしていた。しかし、暇から逃れることをずっとしていて解決するのだろうか。孤独な時間に対峙《たいじ》することは、人生において不必要なことではない。電車の中では本を読み、散歩をしているときはラジオを聴き、寝る時でさえもYouTubeを垂れ流しにするなど、とにかく暇になることを避け続けていたけれど、ここは一つ、一日中孤独と共にあってみたいと考えた。

今日は、天井を見続ける日にしよう。仕事とか、そういうことは忘れて、一回、天井を見よう。目が覚めたときにそう思った。天からのお告げかもしれない。汝《なんじ》、天井を見よ。という声が聞こえた気がする。そうだそうだ、天井を見よう。こうやって、横になって、天井を見る……。寝てしまった。30分後にはっと目が覚めて、天井を見ることって、意外にも難しいことかもしれないと気がついた。睡眠という敵がそこにいる。しかし、二度寝したからもう準備万端だ。もう一度天井を見よう。ああ、白い天井だ。染みひとつない白い天井を見ていると思案が浮かんできては消える。……くらげにさされた人とおしっこをしたい人をつなげるサービスがあったらどうだろうか……。寝てしまった。睡眠という欲の奥は深い。一度ベッドから立ち上がり、シャワーを浴びて歯を磨いた。エナジードリンクを飲んで、もう一度ベッドに入り、横になる。これで、一日中天井を見る覚悟はできた。

一連の目覚める行為のおかげで、目はギンギンに冴えているから、今度は睡眠欲に負けることはないだろう。しっかりとまぶたを上げて、天井を見た。ああ、そういえばあの案件のメールに返信していなかったなとか、仕事のことを考えた先に、何も考えない時間が訪れた。ぼーっと天井を見ているると、天井を見ているのか、見ていないのかが曖昧になって溶け合いだした。スマートフォンは手の届かない位置に置いてある。耳には窓の外から聞こえてくるトラックが走る音が入り、その音と共に家全体が揺れる。その揺れさえも、自分が揺れているのか、家が揺れているのか曖昧になる。自分と空間が溶け出す。ふとんの重みがいつもより感じられる。ベッドが私の重さでへこんでいっているように思えてくる。見るという行為をしているのに、身体的なことばかりを感じ取ってしまう。天井を見て、何かを考えていたような気がするが、今はなにも思い出すことができない。

私が今やっていることは、生産性のない時間を過ごすということだ。以前、長崎県の高校で講演を行ったことがあった。講演の後に、ワールドカフェというものに参加した。これは生徒たちが問いに対してグループでディスカッションするという催しで、そのときの問いは「私たちにとって無駄は必要なことだろうか」だった。生徒たちの多くは「ぼーっとする時間など無駄に思えるかもしれないものも、大切なことの一つだと思う」ということを話していた。しかし、私が「2時間で目的地まで行ける道と、5時間かかって目的地まで行ける道どっちを選ぶ?」と問うと「絶対2時間!」と言っていたのが印象的だった。それはそうだ。早いほうがいいに決まっている。なぜ私がその問いをしたのか、自分でもよく分かっていないのだが、私はみんなに5時間かけて行くことに新しい価値を感じとって欲しいと思ったのかもしれない。多くの人が2時間を選ぶのなら、5時間のほうにこそまだ発見できていない新しい価値があるのではないだろうか。

一見、無駄だと思えるものに、未来の価値があると、私は信じている。松下幸之助さんの言葉を引用したい。「お互いに、もうすこし謙虚でありたい。もうすこし勇気を持ちたい。そして、もうすこし寛容の心を持って、すべての物が、すべての人が、時と処を得て、その本来の値打ちが活かされるようにつとめたいものである」謙虚な心と寛容さを持てば、無用なものさえ価値が生まれると言っている。私はこの言葉がとても好きで、いつも心にとどめている。道ばたの石でさえ、無用と思えばそれまでだが、拾ってみて、何かの役にたつかもと立ち止まって考えること。何かの役に立たないにしても、色や形に魅力を感じること。それだけで、人生が豊かになる。生産性や効率ばかりをもとめるのではなくて、そこで削られてしまったものたちのことを考えることで、未来の価値は生まれるのではないだろうか。

孤独な時間もそうだ。一人でいる時間は削られてしまいがちである。一人でいるくらいなら飲み会に参加しろよと言われたり、ミーティングを入れられたりしてしまう。私みたいに孤独な時間を避けるように、忙しくしている人も多いだろう。しかし、ニーチェが孤独はふるさとと言ったように、私たちは定期的に孤独に帰らなければならない。それは義務でもあるのだ。だから私は天井を見る。孤独の不安感に襲われながらも、それに必死であらがいながら、自分と空間が曖昧に溶け合うのを心地よく感じながら、天井を見るのだ。気づけば夕方になっていた。ベッドから立ち上がった頃には、不安はどこかへ行ってしまって、さわやかな気持ちになっていた。病気が治ったわけではないが、少しだけ前進した気がする。

子ども服を買う

今日こそは子ども服を買おうと、コンビニで買った缶チューハイを1缶飲んだ私はそう決意をした。子ども服を買うんだ。

私には子どもがいない。子どもがいないどころか、結婚もしてないし、恋愛関係になっているパートナーすらいない。ついでに友達もほとんどいない。しかし、私はずっと昔から子ども服の魅力に取り憑かれていて、一つだけでいいから家に子ども服を置いておきたかった。小さくてかわいい。そして、大人がどうしてもそれを着ることができない悲しみ。その二つの相対する感覚が私が子ども服に感じる魅力だった。

ある日、数少ない友達の一人と百貨店をぶらぶらしていたとき、子ども服売り場にたどり着いた。二人して「小さくてかわいいねえ」と言い合っていたとき、私が子どももいないのに子ども服を買おうとしていることを告白すると「そんなことをしたら人間として終わりだ」と言われ、その言葉が呪いのように胸に突き刺さった。

子ども服を買うことは、人間としての大切な部分を欠落させることになるのではないか。

人間として終わり。しかし、それははじまりでもあるのではないか。私たちは様々なしがらみにがんじがらめになって生きている。子どもがいないのに子ども服を買うという行為は、目的のない購買である。目的のない購買は、非生産的で意図がわからなくて、怖い。そういった感覚によって、私たちは子どもがいないけど子ども服が欲しいという人間なら誰しもが持っているであろう欲望を封じ込めているのではないだろうか。自由だ。子ども服を買い、人間として終わり、人間として自由を獲得してはじまる。そんなことを缶チューハイを飲みながら考えていた。

身支度をして家をでた。近所にある商業施設にはアカチャンホンポが入っており、私はそこで子ども服を買うことに決めていた。Tシャツにズボンをはいて、お財布だけ持ってでかけた。ちょっとコンビニまでという風に子ども服を買いに行く。酒が入った状態でアカチャンホンポに行くことにためらいはあった。それこそ、人間として欠落した行為な気がしてならない。しかし、私は酒の力を借りないとアカチャンホンポに行けない人間なのだ。

アカチャンホンポには、様々な種類の服が豊富にそろっていた。私は肌触りを確かめたり、デザインを見たりしていたのだが、ハンガーに数字が書いてある。これは多分、服の大きさのサイズだろうが、何歳の子がどのくらいの大きさの服を着るのかさっぱり分からない。しかし、私にはそんなこと関係ない。だって、ただただ子ども服が欲しいだけだから、何歳児用でもどんな大きさでも気に入ったものがあればそれでいい。気楽なものだった。それに、アカチャンホンポは店員さんが話しかけてこないのが救いだった。「お子さんは何歳ですか?」「いないんですよ」「え?」「子ども、いないんです」といった地獄のような会話を頭に描いていたので、それをせずに済んだのは私にとっても店員さんにとっても良いことだ。

酒が入ったうつろな状態で服を見ていると、どの服がいいのか分からなくなってくる。私が欲しいのはどんな子ども服なんだろう。子ども服が欲しいという一心でお店に来ており、そのことを考えていなかった。私は子ども服が欲しいんじゃなくて、子ども服を買うという自由が欲しかっただけなんじゃないか。それは、子ども服に失礼なことなのではないだろうか。子ども服に失礼ってなんだ。子ども服に人格はあるのか。

アヒルのパッチワークがついた服が目に入った。薄いベージュと白のボーダーで、赤ちゃんがよく着ているように股の部分がボタンになっており、ズボンもセットアップになっているものだ。そのアヒルのかわいさと、赤ちゃんの服ならではの素朴さに目を奪われ、これにしようと思う。他にも働く車がプリントされたパジャマとか、ピンク色のレースがついたコットンのワンピースなどにも目を引かれたが、初めて買う子ども服は素朴なものがいいなと思い、アヒルのパッチワークのセットアップにした。初心者向けの子ども服である。1500円ほどのお会計をし、店を出る。

さて、どうしよう。服を買ったはいいものの、どうしたらいいんだろう。部屋に飾るか……と思ったが、さすがにインテリアとして子ども服を飾っていたら、なんというか。ダメな気がする。もし、なんの罪も犯していないのに警察が私の部屋に家宅捜索に来て、子ども服が飾ってある様子を見たら、誤認逮捕されてしまいそうだ。かわいい子ども服を所有しているという事実だけで私は満足している。飾る行為はしなくても心が満たされている。しかし、一つやりたいことが浮かんだ。それは、子ども服を抱きながら眠りたいということだ。

私のこの案を聞いて、さぞ気持ち悪いと思っただろう。肌触りのよさを堪能したり、所有欲をより満たすためには、一度抱きしめながら寝ることがベストだと思ったのだ。気持ちの悪さは理解しているが、私の暴走は誰にも止められない。

私は横になり、買った服を抱きしめた。心地の良い肌触りが皮膚を伝ってくる。だが、いつの間にか、服を自分のおなかの上にきれいに、まるで警察の押収品の陳列のようにぴったりとならべた。そして、深い眠りについた。

石を拾って持ち運ぶ

今まで凧《たこ》揚げをしたことがない。なので、友人であるあずにゃんを誘って小田原まで来た。真っ直ぐな道を歩き、途中、小田原城に気を取られながらも海まで来た。私たちはお互いamazonで購入した凧をカバンから取り出し、組み立てた。外国産の安い凧を買ってしまったので、無理矢理日本語に翻訳された説明書を解読するように読んだ。「風があると凧は自動運転されます」と書いてある。自動運転という慣れない日本語に違和感を覚えながらも、凧が自動運転されるなんて、さぞ気持ちよかろうと考える。自分の操縦の手を離れて、自由に動き回る凧を繋がった糸から感じる感覚をなんとなく想像した。楽しみだ。

しかし、私たちは薄々気づいていた。風がないことに。無風の海は少し暑かった。風がないから凧が揚がらない。私たちは必死に走り回り風を起こし、凧を揚げようと努力をしたものの、その様はペットを散歩させているようだった。久しぶりに夢中で走り回った。気持ちがいいものだ。スウェットを腕まくりして、岩場で休憩をする。海には、様々な人がいる。椅子を持ってきて落ち着いている人やゴミ拾いをしている人。波がくるギリギリのところに立って、スリルを味わっている人。

小田原の海は、砂浜が続いて、その後に砂利道に変わっていた。砂利道には大きな石や小さな石、中くらいの石がゴロゴロと落ちており、その色も様々だった。あずにゃんの「石を色分けしよう」との提案に、爪揚げに飽きた私は乗っかり、二人で落ちている石を色分けした。緑っぽいのはこの辺に置こう。白に黒の斑点がついているものはこの辺。赤っぽいのはこの辺。黄色っぽいのはここだね。夢中になって色分けをしている私たち。こういうアプリゲームありそうだね。インスタでこういう無のゲームの広告でてくるよね。だいたい15分くらい集中して石を分け、満足して立ち上がった。でも、遠くから見ても私たちが色分けをした形跡は感じられず、自然に馴染んでしまっていた。私たちが15分かけて行った行動の形跡はこの広大な砂利の中では無力だった。

砂利道を後にして、私たちはまた小田原駅まで歩いた。途中で石を拾った。手のひらにちょうど収まるサイズの石で、ちょっと重たい。スマホくらいのサイズと重量感がある。これ、スマホの代わりに持ち運んだら、生活が楽しくなるのではないだろうか。そう思って、お尻のポケットに入っていたスマホをカバンの奥にしまい、代わりに石をポケットに入れた。石の重たさに安心感がある。しばらくして、スマホをいじりたくなった時は、石を手にする。そうすると、焦燥感などが消えて落ち着く。

そこらへんに転がっている石というのは、無用の長物の代表格みたいなもので、つまずいて転ぶし、踏むと痛い。ただあるだけでは、何の役にも立たないと思っていた。しかし、自分で使い道を勝手に決めることで、新しい価値が生まれる。これは石だけじゃなくて、他のものにも言えることかもしれない。あずにゃんも同じように石を拾った。彼女が拾った石は、私のよりかは一回り小さくて、でもずっしりしていて、きれいな丸い形をしている。

別の友達が18時から合流するから、それまでの時間つぶしにカフェに入ることにした。私たちはスマホをテーブルに置くように石を置いた。途中で、調べたいものがあったからスマホを出したが、そのままスマホをテーブルの上に置いて、その上に石を置いた。漬物石みたいにスマホの上に鎮座する石。スマホの通知が来て、画面が光っても石があるからよく見えない。これで、スマホを変にいじらなくなるね。私たちはSNSに依存しすぎてるから、石があるおかげでそれから脱することができるかもしれないね。スマホを見ないで、お互いの顔を見ながら話す。今までは会話が途切れた気まずい瞬間に、瞬時にスマホを開いて「私は何か作業をしてますわよ」という雰囲気を出して切り抜けてきたのだけれど、石があるからそれができない。会話が途切れても、お互いの顔を見て、いや、顔よりちょっと下の洋服のボタンなんかを眺めたり、他のお客さんの様子を観察したりして、気まずい空気を気まずいまま過ごす。心地よくないけれど、スマホをいじって現実から逃げるくらいなら、心地よくないままでいいと思った。

18時になって、友達のまおが合流した。フレンチを出すおしゃれな居酒屋に行ってご飯を食べることになり、お店について席に座ると、私とあずにゃんはさっきの通り、スマホをテーブルに置き、その上に石を置いた。もう私たちには慣れた儀式だ。まおは、「なにしてんの。それ」と、普通の反応をし、その儀式の様子をスマホのカメラに収めて、Instagram にアップしていた。SNSから逃げることは出来ないのだなと思う。

その日はフレンチの後にカラオケに行き、一度もSNSを開かないまま寝た。それがとても精神にいい気がして、次の日も、また次の日も、そしてこれを書いている今日も石を持ち運んでいる。スマホにはSuicaが入っていて、私はコンビニでの買い物や電車の移動などは全てSuicaで支払っているから、スマホを持ち運ばないという選択肢を取るのはなかなか難しい。だから、スマホは一応持ち運んではいるのだけれど、ズボンのポケットには石。スマホはカバンの奥。たまにズボンの左ポケットに石。右ポケットにスマホというときもある。

来月からラジオ番組を帯で受け持つことになったのだが、私はあまりしゃべりが得意な人間ではないので、耳が痛くなる意見をSNS上でもらうことが急激に増えた。そういうこともあって、私はSNSにはこりごりしていた。だから、SNSの代わりに石を眺めたり触ったりすることで、気持ちの安定を図っている。ラジオのブースにはスマホは持ち込まず、代わりに石を持っていく。CM中やトーク中に心が不安になってきたら、石を握る。そうすると、気持ちが落ち着くのだ。だから、全人類が石を持ち運べばいいと思う。その辺に落ちているからさ。みんな拾って、握ってみてよ。

名前のない行動をする

すべての行動には名前がついている。眠る、起きる、歯を磨く、水を飲む。ぼーっと行き交う人を見ていることがたまにあるんだけれど、それは人間観察って言うらしいし、鳥を見ていたらバードウォッチングだ。

私は何もしたくない。しかし、すべてに名前がついてしまっている以上、何もしないというのは相当難しいことだ。何もしたくないのに、何かをしている。そのジレンマが私を苦しめている。

何もしないということは可能なのだろうか。と、考えながらぼんやり天井を眺めていると、それは思考が伴ってしまっているから「考え事をしている」ということになってしまう。何も考えないで天井を見るということは難しい。何かを考えてしまう。どうやったら名前から脱することができるのだろうか。

ぼんやりとすることが「何もしない」ことだと思っていたけれど、実は、名前から逃げた行為をすることが「何もしない」に値するのではないだろうか。そう思って私は、飲みかけのペットボトルの中にマグカップに入っていたティーバッグをおもむろに入れた。キャップを閉めた。振った。べちょべちょと音がする。これは「飲みかけのペットボトルの中にティーバッグを入れて振る」という行為だが、もっと複雑にさせることで名前から逃げることができるかもしれない。そう思い、そのペットボトルを持ちながら立ち上がる。一歩踏み出す。1、2、変なポーズをとる。そう、歩いて、素数の数になったら変なポーズをとるのだ。3！ はい、ウルトラマンみたいなポーズ！ 4、5！ 菜々緒の写真集の表紙みたいなポーズ！ これは「飲みかけのペットボトルの中にティーバッグを入れたものを振りながら歩き、素数の数になったら変なポーズをとる」という行為だ。名前はまだない。生産性もない。意味もない。ただ時間だけが過ぎていく。これが、何もしないと同等の行為なんじゃないだろうか。私はかなりの満足感を得た。

もっと何もしないをしたい。名前のない行為を生み出したい。そう思った私は、毎日ひとつ名前のない行為をすることにした。まずは、とりあえず片足立ちをした。意味の無い行為というのは特に意味の無い片足立ちから始まる。そして、そのままピョンピョンと跳びはねながら移動し、机の上にあった本を手に取った。片足立ちで本を読む。これだと絶妙に意味が出てしまう。なんか、健康法のような気もしてくるし、働きながら本を読んだ二宮金次郎のようで、生産性が伴ってしまう。なので、とりあえず本を逆から読んでみることにしてみる。つまらない。しかし、「片足立ちで本を逆から読む」という何も意味の無い行為がここで成り立ったことに、やはり私は満足感を覚えていた。この調子だ。もっと意味の無いことをやるぞ!

外に出てみることにした。天気がいいから、家の近所を歩く。何も考えずに無心で歩いてはいるものの、これは端《はた》からみたら「散歩」である。散歩も意味の無い行為ではあるけれど、それにはリラックスだったりリフレッシュなんていう価値が生まれてきてしまう。この散歩をベースにより意味のない行為をしてみようと思う。とりあえずイヤホンをつけてみた。しかし、音楽をかけたりラジオを聴いたりすることはなく、無音だ。ひとまずそのまま歩いてみたけれど、うーむ。これだと散歩から脱してはいない気がする。そこで、俳句でも作ってみようかと思い、「家並ぶ街を歩いて春うらら」などとゼロ点の句を詠んでみたりしたけれど、これでは行動に意味が生まれてしまう。今は春でもないし。そこで、私は路肩の段差に座り込み、靴を左右逆に履き換え、数歩歩いてみた。歩きづらい。当たり前だけれど。しかし、これで散歩から意味を取り除くことができたのではないだろうか。リラックスもリフレッシュもしない。苦痛だけを感じる散歩。名前はまだない。生産性もない。意味もない。
次は、ベッドに横になってみることにした。ぼーっとしているだけだと、これもまたリラックスだのリフレッシュだの休息の価値が生まれてしまうから、もっと自分を苦しめたい。あれ、何もしないということをしようとしていると、結果として自分で自分を苦しめることになってくるぞ。これでいいのだろうか。まあ、とりあえずやってみよう。自分を苦しめるために、関連性のない言葉を無理矢理思い浮かべることにした。しいたけ、エアコン、マグカップ、ソファ……。しかし、後に調べたところ、これは「マインドシャッフル」という睡眠導入の方法として名前がついている行為だった。くそう。何にでも名前がついてやがるぜ……。どうすれば、横になりながらにして名前のついていない、「何もしない」ができるのだろうか。私は意味のない言葉を思い出しながら、スヤスヤ眠ってしまった。

仕事や勉強、または趣味なんかをしているときも何かをしている状態で、私はそこから脱したい。本当に意味のないことをやり続けたい。なぜ私は意味のないことをやりたいのだろうか。なぜこんなにも意味のなさにこだわっているのだろう。私は、「無駄づくり」といって無駄なものを作る活動を主にしているのだが、なぜ私は「無駄」にこだわっているのだろうか。そういえば、あまりちゃんと考えたことがなかった。

生産性や効率化という言葉になぜか苦手意識がある。そりゃあ、効率的に生産性のあることができたら人類にとって素晴らしいことだとは思うのだけれど、私はその価値観がいきすぎてしまうことで、振り落とされてしまう人や物があるのではないかと思っている。その中に自分も入っている。その振り落とされてしまう者たちは一つの面だけで判断されるべきではない。もっと、多角的に価値を感じる方法を考えなくてはならないし、そもそも価値のあるなしではなく、生き物や無機物は、ただそこにあるだけで素晴らしいのだ。と、思いたい。だから私は意味のない行為をして、それを成立させることで、その価値観を確立させたいと考えているのだろう。私は麻里菜という名前なんだけれど、母に名前の意味を聞いたら「特に意味はないよ」と言われたことがある。私の名前には意味がない。私はそれをすごく誇らしく、嬉しく思っている。意味がなくてもそこにある。生産性や効率化を無視したものがそこにある。名前がないものだって、存在する。

酒をやめたりやめなかったり

飲酒というのは、なぜするものなのだろうか。楽しいときは酒が隣にいる。つらいときも酒がいる。悲しみも酒でどうにかごまかせる。私は、20歳を超えてから、ほとんど毎日酒を飲んできた。今年で30になるので、約10年間酒を飲み続けたわけだ。楽器を始めては1週間でやめ、英語でも学ぶかと一念発起《ほっき》しては3日でやめる私にとっては、ここまで続いていることはそうそうない。継続は力なりと言うものの、こまごまとした飲酒を続けてなにか大きなものを手に入れてはいない。じゃあ何かを失ったのかと言われれば、そうでもない。酒癖が優良な私は、酒を飲んでも暴れたりだとか、変なことをしたりとかするわけでもなく、ただ飲みすぎた場合だけ、人知れず冷たいトイレでちっちゃなゲロを吐くくらい。ほんと、小鳥のゲロくらいちっちゃなゲロ。ああ、でも、一度恋人を酒によって失ったことがある。酔っぱらって言った「コーヒーっていうのは、コーラである」という支離滅裂な言動に当時付き合っていた恋人がかんかんに怒り、結果、別れた。これを酒のせいというのは不服だけれど。

そんな私だけれど、酒をやめようと思っている。というのも、なんだか最近、飲酒をすると、気分が落ち込むことが増えたのだ。調べたところによると、飲酒をするとなんらかの物質を分解するために、気分をよくする細胞みたいなものが消費され、結果憂鬱になるらしい。酒を飲んでいる間は一時的に楽しい気持ちになるものの、酔いが覚めてきたらどんよりとした気分になる。酒は百薬の長と言うけれど、精神が悪くなるとなるとこれはあまりによくない。だから、私は禁酒をすることにした。

酒飲みが禁酒をするときに大きな関門がある。それは、飲み会だ。今まで酒を飲んできたから、友人は酒飲みのスペシャリストたちが揃っており、酒が私たちの友情をつないでいる。酒を飲まなくなったことによって、その人たちと疎遠になる可能性は大いにある。例えば、「新宿で飲んでるんだけどこない？」という急な誘いに、今まではほいほいと乗っかっていたけれど、飲まなくなることで、こういった類の誘いも断ることが増えるであろう。私は友達が少ないので、なるべく仲良くしてくれる人たちと疎遠になりたくない。ひとりぼっちになりたくない気持ちがある。ノンアルコールで飲み会を乗り切るしかない。意外と楽しいかもしれない。

そう思って、禁酒前に予定に入っていた飲み会（といっても、3人ほどで飲むだけだが）に行ってみることにした。ちょっと体調が悪くて酒が飲めないと最初に説明し、烏龍茶やコーラなどを飲んで会話に参加したものの、飲み会が進めば進むほど、漠然とした違和感みたいなものを抱いた。これはあれだ。退屈だ。向こうはビールやマッコリをがんがん飲み、ずっと同じ話をしている。飲み会って、素面《しらふ》で参加すると、こんなにつまらないものなのか。今まで、飲みの席で酒を飲まない人がいたことは何度も経験したけれど、その人たちも全員こんなにつまらない気持ちでいたのかと思うと、私はまたもや物悲しい気持ちになった。酒を飲んでも飲まなくても、悲しい気持ちになるなら、いっそのこと酒を飲んだほうがいいんじゃないかと思い、私の禁酒は破られた。ハイボールください。

また、習慣というのは恐ろしいもので、夜にコンビニに入るとアルコールの棚を物色してしまう。その度に、いや、禁酒をしているのだから、野菜ジュースとかを買おうと思うのだけれど、ついついレモンチューハイなどを手にとってお会計をしている。こんなに酒をやめることは難しいのかとしみじみ感じた。

なぜ私は酒を飲んでしまうのだろうか。まず、飲み会においては会話を楽しむためという理由が見つかった。アルコールをいれることで、みんなの会話の波に一緒に乗ることができる。また、一瞬のきらめきを摑みたいからでもある。酒を飲むことで、なにかおもしろいことや楽しいことが起こるのではないかという、1％の可能性にかけて、私は飲んでいる。今まで、酒の席で楽しいことがいろいろと起こった。例えば、みんなでサンリオのキャラクター投票について白熱した議論をしたり、急な思い立ちで築地まで行ったり、プリクラを撮ったり。だいたい20代前半にこういう経験をしてきて、それが思い出となっている。その思い出が私に酒を飲ませるのだ。酒をやめてしまうことで、この思い出への距離が遠く離れてしまうのではないかと感じている。

禁酒の本を読んでみたのだが、やはり酒を飲んだ状態＝楽しいと認識していることで、酒がやめづらくなるということが一貫して書いてあった。では、酒を飲んだときに楽しくないと認識を改めれば、酒をやめることができるのではないだろうか。なので、私は急いでコンビニにレモンチューハイを買いに行き、家で一人で晩酌をすることにした。いつもはお笑い動画を見ているけれど、今回は大学の講義を見てみることにした。しかも、英語のメールの書き方という私に1ミリも関係のない授業の動画だ。楽しくなさそうな動画を晩酌の相手にすることで、酒＝楽しくないという認識を新たに植え付けることができるのではないだろうか。しかし、楽しかった。全く興味のない授業だけれど、酒が入るとなんでも楽しい。坊主頭の先生の表情の変化やチープな編集がおもしろくて、ゲラゲラ笑いながら動画を見ていた。酒、無敵じゃないか。

SUPER
DRY
生ジョッキ缶
〈泡〉の楽しみ方
高 泡多め
お酒

ルーティン通りに生活する

私は、自分で言うのもなんだけれど、けっこう荒くれ者だ。大酒を飲み、朝までと言わず昼過ぎまで新宿で過ごして、帰宅して泥のように眠る。みたいなことを4、5年前はよくやっていた。仕事も同じで、フリーランスというのを良いことに、昼過ぎに起きて朝まで仕事をすることが日常茶飯事だった。生活の荒《すさ》み具合と同様に精神もすり減らしていて、情緒が不安定だったと思う。急に怒り出したり、泣き出したり。早口で喋りまくったかと思えば、無口になったり。なんだか全てがジェットコースターのようで、そんな日々を送っていた。

新型コロナウイルスが蔓延して、外出を自粛するようにと呼びかけられてからというもの、家にこもりっきりになった。外に飲みに行けない分生活が変わるかと思ったけれど、そんなことはなくて、相変わらず朝まで仕事をしたり夕方まで眠ったりといったことは続けていた。外出できない分、憂鬱になることも増えた。その上、当時住んでいたマンションはすごく狭いワンルームにユニットバス。私はユニットバスに入ると心がギュッとなるのだ。掃除もあまりできてなくて、散らかっていて不衛生な環境が私の精神をより痛めつけていた。掃除をしなさいと言われるかもしれないけれど、私は一人暮らしを始めて5年くらい。掃除というものは限界を20％くらい超えたら渋々やるものだと思っているのもあって、精神を痛めつけるこの部屋を掃除しようという気にすらならなかった。

そんな折に、知人とＺｏｏｍで通話する機会があった。ワークショップを開催するので、その事前練習に付き合ってもらうことになっていたのだが、事前練習が滞りなく進んで終わったので、なんとなく雑談をしていた。最近あまり元気がないこと、精神的に落ち込んでいることを話したら、ルーティンの生活をしたほうがいいですよ、と言われた。

なんでも彼は、朝4時に起き、数十個のタスクを午前中に終わらせ、午後は自由時間としてサウナに行ったり好きなことをする生活をずっと続けているらしい。彼は作家のタナカカツキさんからこの方法を教えてもらって、その生活を始めたら、心身共に調子が良いと言っていた。タナカカツキさんは『今日はそんな日』という本にこの生活のことを書いているので、気になった方は読むといいかもしれない。

数十個のタスクはノートにまとめている。方眼のノートで、縦にずらりとタスクが書いてあり、横の列には2週間分の日付が書いてある。タスクが完了したら蛍光ペンで方眼を塗りつぶす。タスクは、仕事のことから勉強、「コーヒーを淹れる」

「猫と遊ぶ」といった軽いものまで。タスクに費やす時間は25分と決まっている。なぜ25分なのかと言うと、ポモドーロテクニックに由来する。25分働いて、5分休むという仕事を効率的に進める仕組みみたいなやつだ。2週間分の日付なのは、2週間でそのタスクをレビューできるからだ。なかなか気が進まないタスクが見つかったら、時間が悪いのかもしれないと考えて、時間をズラすことができる。例えば英語の勉強のタスクに手がつけられない日が続いたら、教材を変えてみたり、その前のタスクを楽しいものにしたら、その流れで英語の勉強を始めることができるかもしれない。2週間と決めることで、原因を突き詰めることができる。次の週が来たら、次のページに同じようにタスクを書き出し、日付をつける。それを繰り返していくのだ。

まず、朝4時に起きるということが信じられない。今まで、朝4時に起きていたことはあっても、起きたことはない。しかし、細かなタスクを毎日25分ずつこなしていけば、2ヶ月、半年、1年、10年でとても大きな財産になっているに違いないということは分かる。私はこの話に感化され、今すぐノート買ってきます！　とコンビニに急いで行き、方眼のノートを買った。豆知識。セブンイレブンには方眼ノートが売っていないが、ファミリーマートには売っている。

ということで、私のルーティン生活が始まった。まずは、タスクを書き出すところから始める。これがすごく面白くて、自分が何をしたいか、何をしたくないのか深く見つめ直すことができるのだ。私は英語を上達させたい。中国語も頑張りたい。今書いている本を完成させたい。アイデアをたくさん生み出したい。仕事場にちゃんと通って仕事がしたい。掃除をしたい。筋トレをやりたい。あと、ちゃんと水を飲みたい。踊りを踊りたい。そんなタスクを書き出して、表にしていく。朝4時に起きるのは難しかったけれど、朝6時に起きて22時には寝る生活にシフトしていった。自分に何が起きたかというと、かなり精神が安定して、いろんなことに興味を持ち、踏ん張るところは踏ん張れる胆力をつけることができたのだ。

あんな荒くれ者だった私が、こんな生活ストイック人間になるなんて想像もしていなかった。しかし、ストイックさが心地よい。蛍光ペンで塗りつぶされたノートを見ると、達成感があり、嬉しい気持ちになる。しかし、同時に「こんなハリのある生活をしていていいのか」という気持ちにもなる。思えば、子どもの時から荒くれ者だった。学校から逃亡したり、夏休みの宿題なんて一回もやったことのない私は、初めてのハリのある生活に「これは本来の私ではない」と心の奥底で思っており、それがちょっと不安だった。だから、たまにルーティンを無視して生活をしてみることがあったのだが、今まで塗られていた方眼が真っ白のままになるのが耐えられなくて、またルーティン生活に戻ることになった。ルーティンの呪縛。

自由について考えることが多くなった。私たちは自由だが、自分で自分を縛り付けることは、気持ちがいい。マッサージで凝った肩を揉まれるときみたいな感覚だ。痛気持ちいい。だから、私はルーティンの奴隷となって、もっとたくさんのルーティンを求めるようになった。一日1万歩歩く。ジムに通う。食事を記録する。英語のPodcastを聴く。私の生活がルーティンに縛られ、身動きができない状態になったところで体調を崩して寝込んだ。寝込んでいる間も「私のルーティンが……方眼用紙を塗らなければ……」とうなされ、ああ、この状態って良くないなあと気づくことができた。何事も適度にですね。歳を重ねるごとに当たり前のことに気づくことが多くなった。

野ぐそに挑戦する

2ヶ月程前から抑うつ状態が続いている。もともと躁鬱なのだが、今回の鬱期は実に重くて、めまいや吐き気、歩行障害などが現れている。趣味の散歩もままならない。原因は新しい仕事のプレッシャーだった。仕事を休むことにした。また、そんな身体的な症状に加えて何にも興味がわかず、気力がなく、ただ布団に横になっているだけという状態だ。映画やドラマ、漫画に小説、どんなエンターテインメントも拒絶して、ただ寝ているだけだった。何かに興味を持たないと。何かワクワクすることが起こらないと、このまま布団の上で仮死状態になってしまう。鬱のときは編み物がいいと言われた……が、なんだか面倒くさい。フットサルなどのスポーツは人数を集めるのに苦労しそうだし、体を動かす体力もない。ジムに行こうと思っても、やっぱり体が動かない。山登りも同じく。でも、自然を感じられる体験はよさそうだ。そんなことを布団の上であれこれ考えていたのだが、ふと、「野ぐそってしたことないな」と思い立った。おしっこは、子どもの頃、山の中でした記憶があるのだが、野ぐそはない。野ぐそ……。威厳がある言葉の響きと裏腹な人間として尊厳を失う行為。野ぐそに興味がわいてきた。これはすごいことで、今までは何に対しても無気力だったのが、野ぐそのことを考えるだけでワクワクしてきた。

山登りが好きな母に、「野ぐそってしたことある?」とLINEをしてみた。すると、「ない」とだけ返事がきた。そして、「自然保護の観点から野ぐそをしても持ち帰らないといけないんだよ」と情報をもらった。なるほど、野ぐそ＝山登りのイメージだったが、そもそも山小屋で用を足すことが普通だから、野ぐそをするほどの山はよほど過酷で、未踏の地なのかもしれない。それに、自分のものを持ち帰るのはなかなかハードルが高い。私は車が運転できないから、自分のものを袋に入れて、それを駅のトイレで捨てるか、電車を乗り換えて家まで持って帰らないといけないことになる。それはちょっと嫌だなあ。

じゃあ、家で野ぐそをするのはどうだろうか。私の家はベランダが広いから、野ぐそをするのにはちょうどいい。しかし、下に新聞紙でも敷いて、下半身丸出しでもりもりしていたら、向かいの住人から通報されてしまいそうである。もしくは写真に撮られてTwitterで拡散されてしまう。それだけは避けたい。部屋の中でやるか……と考えたものの、それだと野ぐそではない。部屋ぐそだ。ただ、トイレがあるのに部屋の中で用を足す奇人だ。

そこで私は簡易トイレを使って、細工をしたズボンを穿いてベランダで用を足すプランを考えた。


簡易トイレはamazonで手に入れることができた。段ボールの上に黒いビニール袋を被せて、さらにその上にプラスチックでできた便器を置くタイプのものだ。用を足したら砂のようなものをかけて、固める仕組みだ。災害時などに使うものらしい。うんこって固まるのかな。ちょっと不安だ。臭いはしないのかな。

細工をしたズボンというのは、下半身を丸出しにしないためのものだ。まず、使っていないジャージをひっぱりだし、股の部分に切り込みを入れる。そこにチャックを縫い付けて完成だ。チャックの縫い付けはちょっと雑になってしまったけれど、まあいいよね。これを使えば、ベランダで、露出することなく野ぐそをすることができる。と、ここまで作って、これってロングスカートを穿けばいいだけのことじゃないかと気がついたが、気にしないことにした。労力をかけることが、楽しい趣味への一歩だ。野ぐそが趣味というのは、なかなか人には言えないことだが。

準備は整った。あとは、もよおすのを待つだけとなった。今私は、かなりワクワクしている。これだけ心が躍っているのはいつぶりだろうか。ワクワクしすぎて、最近野ぐそをしようと思っていることを友達に打ち明けてみたら、完全にドン引きしていた。あの顔が忘れられない。こいつとはもう遊ばないようにしようという顔だった。でも、私はそれでもいい。野ぐそだけが私の興味を誘う唯一の事象なのだ。野ぐそへの好奇心に比べれば、友達の一人や二人、いなくなっても私は大丈夫。それくらい大切な好奇心なんだ。Netflixにある莫大な資金を投じたドラマより、興行収入がすごい映画より、みんなが褒める漫画より、私は野ぐそに興味がある。野ぐそのことを考えるだけで、胸がワクワクして、脳みその大半が支配される。

ということで、うんこがしたくなってきたので、ベランダに簡易トイレを設置し、パンツを脱いでズボンを穿いた。チャックを開けて便器に座る。たぶん、どこから私の様子を見ていたとしても、ただ椅子に座ってゆったりしているだけに見えるだろう。ふんばりつつ、「これって、何かの法律に抵触していないだろうか」という不安がよぎってきた。風が冷たい。素肌を切るようだ。生ゴミと一緒にうんこって捨てていいんだろうか。憂鬱な気分はいつのまにかどこかへ行っていて、今はうんこのことばかり考えている。

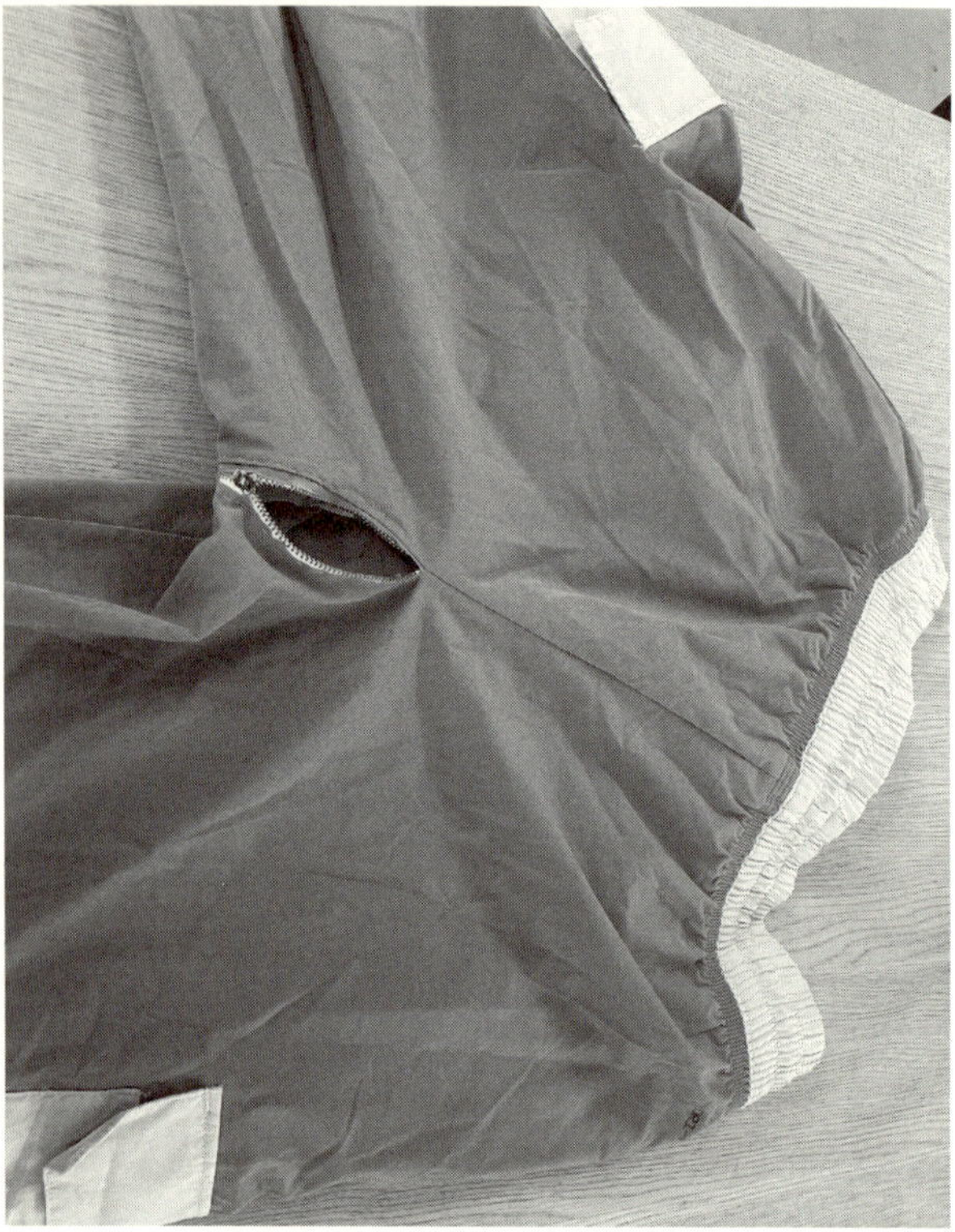

ギャルになる

陰キャと陽キャという言葉がある。暗くて地味な陰キャと、明るくて友達の多い陽キャ。私は学生時代はどちらかと言えば、陰キャだった。どちらかと言えばとかじゃないね。陰キャのど真ん中だった。図書室の前で陰キャの仲間と集まってお弁当を食べながら音楽の話をこそこそしたり、体育の授業で余り物のグループの中に入ったり。そういう学生生活を送っていた。そんな私が恐れる存在は、ギャルだ。ギャルは、見た目が派手で、言葉遣いも乱暴で、しかし、カラッとした明るさがあって、「ウチらって最強だよね」というオーラを身にまとい、学校を闊歩している。ギャルに対してそんな風に陰キャの私は思うんだけど、実際はどうなのか知らない。

もう29歳になった。陰キャ陽キャ、クラスカーストなんていう呪いも薄れてきて、今はネガティブかポジティブかと言われるとネガティブに物事を考える方ではあるけれど、まあ、多少気楽に生きられるようになってきた。社会性もちょっとだけついてきて、懇親会で知らない人と話すことも3分ならできる。それ以上は蕁麻疹《じんましん》がでてくるから難しいけれど、陽キャや陰キャなんてくくりは曖昧に溶け出して、私はそういうレッテルだけでは語れないほど複雑な人間だと、自分で思う。ということはだ、今ならギャルになれるんじゃないか。

なので、ドラッグストアに行って、化粧道具を買ってきた。化粧は人と会うときに失礼にならない程度にするくらいで、目をおっきくしてやろうとか、口紅をこれでもかというくらい赤くしてやるんだとか、そういうことは考えたことがない。「この人化粧してきたのね」と感じられる程度にするくらいだ。ドラッグストアには、アイシャドウやリップ、マスカラ、眉毛の色を染める眉マスカラ、ファンデーション、チーク、つけまつげ。ギャルになるために必要な化粧道具が売っていた。ギャルというのは、遠いところにいる存在かと思ったけれど、実は身近にある。ギャルはあなたのすぐそばにいる。あなたも、思い立ったらギャルになれる。

道具はそろった。しかし、どのようにメイクをしていけばいいか分からない。なので、YouTubeで「ギャル　メイク動画」と検索して、出てきた動画を参考にメイクをすることにした。今はギャルと言われる人が少なくなってきたように思う。私が高校生のときは、髪の毛を白に近い明るい色に脱色して、ミニスカートで、つけまつげをつけていて、ルーズソックスを履いている人がギャルと定義されていた。電車とかで高校生を見かけると、今は綺麗な黒髪にぴったりとした靴下を履いて、シンプルな感じのかわいい子が学校でブイブイ言わせてるんだなあと感じる。しかし、私は高校生になりたい訳ではない。ギャルになりたいのだ。とりあえずメイクだけでもギャルになってみたいのだ。

まずは下地と呼ばれるクリームを顔全体に塗って肌の赤みやくすみを消す。コンシーラーを使って気になるところを綺麗に塗る。そうすると、顔全体がツルッとした仕上がりになる。その上からファンデーションを塗ったら、もうツルツル。玉のような肌が出来上がる。そうしたら、まずは眉毛だ。明るい色の眉マスカラを全体に塗っていき、黒くて冴えない眉毛を茶色に染めていく。完成したら、目元に移る。アイシャドウをまぶた全体に塗っていき、グラデーションを作る。普段は絶対に引かないアイラインも今日は引いてみよう。目全体が強調されて、一気に目力が強くなっておもしろい。マスカラをまつげに塗ったら、あとはつけまつげをノリでくっつける。ああ、忘れていた。カラコンも入れるのだ。カラコンとは、カラーコンタクトのことで、その名の通り、色のついたコンタクトだ。ブルーやグリーンの目の色に変えることができるのだ。カラコンを使ったことがない人は、一度でいいから使ってみて欲しい。インドに行くより人生が変わるから。今日はグリーンのカラコンを入れる。次は全体にハイライトとシェーディングを入れる。白い明るい粉とベージュの粉を適当な場所に入れることで、顔全体の立体感を出すのだ。そして、チークをこれでもかというくらい入れ、さらに普段はつけないようなピンク色のリップを塗る。

髪の毛は、ウィッグをかぶろうかなと思ったのだけれど、なんとなく地毛で勝負することにしてみた。黒い髪を熱い棒で巻き、カールをつける。おしゃれって原始的。

服装は、さすがに高校生のコスプレをするのはキツいので、黒いワンピースにブーツ。そして、鞄はおばあちゃんからもらったルイ・ヴィトンにした。なんとなく、ギャルってブランド物を持ってそうなイメージがあるから、ルイ・ヴィトンだ。

さあて、ドンキに行くぞ！　ギャルと言えばドンキだろうと思う私はステレオタイプにあふれているかもしれない。ドンキへの道すがら、私は風を切るように歩いていた。ギャルの放つ「ウチら最強」という気分がなんとなく分かってきた気がする。というか、私はギャルになれたのだろうか。ただ、化粧をしただけじゃないか。

杯を交わすとか、特別な儀式を行った訳ではない。ただ、化粧をしただけだ。いや、化粧をするということが、特別な儀式なのかもしれない。私は化粧とはあまり縁がなかったけれど、甲冑《かっちゅう》を着て刀を2、3本持っているくらい強い気持ちになれることを知った。

ドンキに行った後、友達と会った。「あれ、今日なんかいい感じじゃん」と言われる。「ちょっとギャルになりたくて……」「わかる」この気持ちを分かってくれるのか。その後、表参道まで歩いて買い物をしたのだが、すごくテンションが上がってしまい、ヒールのある靴を1足買った。普段、ヒールの靴など履く機会がない。今でも玄関の物置にその靴は仕舞ってある。ギャルになったあの日から、もう数回衣替えの季節を迎えたが、なかなか捨てられない。

雲を見る

アフリカ出身の人が、小さい頃は雲を見る遊びをしていたと言っていた。雲を見て、あれは何の形みたいだと想像する遊びを主にしていたらしい。その話を聞いて、子どもの頃の遊びを思い返してみると、小学校の国語の授業で「ちいちゃんのかげおくり」という物語を読んでから、ずっとかげおくり遊びをやっていたことを思い出した。かげおくり遊びは、校庭に映った白分の影を見てから空を見上げると、さっき見ていた影が空にうっすらと映るというものだ。小学校低学年のときは、ポケモンより何よりもこのかげおくり遊びに熱中していた。こういう物を使わない原始的な遊びというのは、資源を消費する遊びと比べて心が安定する気がするのだが、どうだろうか。じゃあ、鬼ごっことか泥警といった原始的な遊びでも心が安定するのかと言われると、そうではない。あれはまとまった人数が必要だから、友達が少なく、人付き合いが苦手な私には苦痛でしかなかった。一人でできる、物を消費しない原始的な遊びが好きだった。昔読んだ本で、貴族たちが丘の下に集まり、その丘の向こう側の景色を推測するという遊びをしていた時期があったと読んだことがある。それも原始的かつ人数が必要な遊びだが、それはなんとなくやってみたい気持ちがある。多分、私はスポーツが嫌いなんだろうな。スポーツではない、原始的な遊びに私は興味がある。

雲で思い出したけれど、雲消しという遊びにもハマっていた時期があった。文字通り、雲を消す遊びだ。ぼんやりとした小さめの雲をじーっと見つめていると、いつの間にか消えているという遊びで、原理はよく分からないんだけど、超能力みたいで楽しかった。

空と共にそんな孤独な学生時代を送ってきた私だけれど、いつのまにか空を見上げることすらなくなってきてしまった。というのもパソコンを買い与えられたあたりから、空よりもパソコンの画面を見ることのほうが多くなった。無限に続く空よりも、無限の可能性を秘めたインターネットのほうが私は好きだ！！！　これだけのびっくりマークでも表現できないくらい、空よりもインターネットのほうが好きになったのだ。空のことなどすっかり忘れてしまった。空なんて見ている暇があれば、パソコンで好きなホームページを見ていたい。そんな20年あまりを過ごして、今に至るわけです。

でも、今日は空を見よう。初めに書いたアフリカでの遊びの話がずっと心にひっかかっていたのだ。雲が何の形かを推測するだけの遊び。スプラトゥーンやフォールガイズなどの楽しい遊びを覚えた私は、果たしてこの原始的な遊びに楽しさを見出せるのか。それも気になるところである。ひとまず、ベランダに出て、アウトドアチェアに座って流れていく雲を見つめることにした。日差しが強い。視界には大小合わせて6つくらいの雲があり、もくもくとしている。あの雲はなんの形だろうかと、一番左側にある雲を眺めてみた。……おしり。割れた形がおしりに見える。じゃあ、その隣の雲はなんだろう。……おしり。おしりにしか見えない。雲というのは基本的におしりにしか見えないのだ。もっと想像力を働かせなければならない。桃……。それじゃあ、おしりと変わらない。ああ、あの雲はおしりの形の上にぼんやりと別の雲がくっついているから、背中を向けたキューピッドみたいに見えるかもしれない。なんか眠くなってきた。

ベランダで完結させようとするのはよくないので、ブルーシートを持って近くの公園に行くことにした。芝生の上にブルーシートを敷いて、寝っ転がりながら雲を眺める。おしり禁止令を発動します。ゆっくりと流れる雲を見ながら、耳みたいなのがついてるからウサギみたいだなあとか、ちょっと潰れた丸い形だから、大判焼きみたいだなあと思っているうちに眠ってしまった。30分くらい夢の中にいて、なんの夢を見たかは覚えていないんだけど、どうせくだらない夢だろう。

　起きたときに、なんだか時間を無駄にした感覚が襲ってきた。雲を見る予定だったのに、眠ってしまった罪悪感があったのだ。今、冷静に考えると、雲を見ることも寝ることも生産性レベルでいったら同じくらいだ。いや、眠るほうが体が回復するから生産性には繋がるかもしれない。しかし「あちゃー、雲見たかったのに眠っちゃったー」という謎の後悔が生じたのだ。何かをしなきゃいけない焦りみたいなものが私の中にある。雲を見ることは、何もしてないと同等の行為なのに。文字通り何もしないことに対して、私は恐怖を抱いている。その恐怖の根源はどこにあるのだろうか。私は生産性に囚われすぎているのかもしれない。体調を崩してから、思うように生産的な行動を取ることができなくなった。文字を読むことが辛くなってしまって、読書や映画を字幕で見ることも苦痛になってしまったし、大好きな物作りをする体力だってなくなってしまった。そんな私に残されたのは、生産性のない、何も生み出さない虚無の時間だ。なのにそれを受け入れることができなくて、ちょっとでも何かをしている風を装いたくて、だらだらとＳＮＳを見たりしてしまう。それって、何もやってないことと同等なのに。だったら、腹を括って、何もしないを選択したほうがいいんじゃないかなとも思う。

もう夕方だ。夕日に染まってオレンジ色になっている雲を見ながら、私は何もしないをする決心をした。でも、何もしないのって退屈だよな。だから、余計なことをしようと思ったんだ。余計なことで自分を忙しくしたら、きっとこの罪悪感も消え去るに違いない。何もしないと同等のどうでもいい、余計なことをたくさんしたら、いろんなことが変わっていくんじゃないだろうか。無駄なことを削るんじゃなくて、自ら作っていくことで、今までにない価値観だったり、景色みたいなものを見られるようになるんじゃないかと思うんだ。ToDo リストで最後に追いやられてしまったタスクに本質があるかもしれない。原始的に遊んでいこう。

推し活をする

このエッセイのタイトルは「余計なことで忙しい」なのだが〔連載時は〕、果たして推しという存在は余計なことなのだろうか。私は自粛期間が始まった頃、K-POPにハマった。まさか私がK-POPにハマるとは……という驚きが自分の中にあったのだが、やることもなく、YouTubeをただ見ているときに、突然巡り会ったミュージックビデオに感激し、そこからメンバーの顔と名前を覚え、昔の曲を聴き、歴史を知り、メンバーの好きな食べ物や嫌いな食べ物を調べ、それはもうドハマりした。あの不安定な時期、私にとって推しという存在は、余計なものではなく、生活に必須な存在だった。好きなメンバーの身長を自分と比べたくて、三脚をその身長の高さに設定して「へえ〜なるほどね」とやったりするくらい好きになっていた。寝ても覚めても、夢の中でもアイドルのことを考えていた。

コロナがだいぶ落ち着いてきたタイミングで、推しは推しだけどそこまで熱中することはなくなってきた。好きは好きで、それが薄れたわけじゃないんだけど、さすがに24時間考えるってわけじゃない。同棲1年が経ったカップルくらいの距離感で、アイドルと向き合っていた。でも、新曲が出たら必ずCDを買うし、ミュージックビデオも見る。インスタもフォローしている。でも、こう……昔ほどじゃない。仕事のせいで、鬱っぽくなり、何事にも興味が湧かなくなったタイミングだったので、そんな距離感になってしまったのかもしれない。そんな中で、彼らの来日が決定した。

私にはオタク仲間がいる。その子たちは同棲3日目くらいの距離感でアイドルと向き合っているので、私とだいぶ熱量が違う。来日！　すぐチケットとるぞ!!　東京、名古屋、大阪。全部いくぞ！　という感じで、私は正直、あまりついていけなかったが、みんなで旅行がてらライブを見に行くのは楽しそうだと思い、名古屋公演と東京公演、どちらも応募することにした。結果、いろいろあったがチケットが用意できてどちらも行けることになった。

まず最初は名古屋公演から。みんなでエアビーをとって、1部屋に4人で宿泊した。宿のテレビにYouTubeを繋げて、アイドルの映像を見ながらきゃあきゃあ言う夜は修学旅行のようで楽しかった。そんなことより、宿の近くにある川が臭かった。鼻が曲がるほどの臭いで、この世のすべてを水に溶かしたような色をしていた。ナゴヤドームについて、席を確認するとスタンドの一番奥側。アイドルとの距離は遠く、この公演に関して言うと、川が臭かったという思い出しか残っていない。

その後、東京公演。東京ドームに行き、席を確認するとアリーナのトロッコが通る通路側の一番前だった。トロッコというのは、アイドルがステージから降りて、アリーナ席をじゅんぐり回ってくれる乗り物で、このときファンサ（ファンサービス）をしてくれる確率が高い。私は、正直、そのときも鬱状態でなんの興味も湧いてない状態だったので、「ふうん」くらいに思っていたのだが、ライブの中盤になり、私の推している彼がトロッコに乗り込み、前を通った瞬間。推しが私の持っているペンライトに飾られた彼の名前を見て、指を差してくれた。ように思えた。「今、まりなに指差したよ！」とオタク友達が叫んだ。すべての快楽物質が脳からパチコーンと放出され、失神しそうになった。その後も、トロッコに乗り込んだメンバーたちを至近距離で見る度に、その存在にいちいちパチコーンとなり、頭がくらくらした。ビートルズを見て失神する映像がテレビで流れていたのを子どもの頃よく見ていた。そのときは笑っていたのだが、自分が今同じ状況になっている。推しを生で見ると、パチコーンとなる。日本語では好きという言葉でしか表現できないが、

恋人に対する好きと推しに対する好きはなにか決定的なものが違う。恋人を見ても
パチコーンとはならないが、推しに対してはなる。好きの代わりの言葉を作りたい。
けれど、そんなこと考えている暇がない。私は推しに忙しい。

そこから私は現場の鬼となった。名古屋の川の臭さも忘れ、ライブがある度にチケットを取り、オタク仲間4人で向かう。日本公演がかなり用意されていて、とてもうれしい。ファンミーティングという通常のライブとは違う公演だったり、所属事務所の大きいライブに行ってみたり。席は東京ドームのときと比べるとあまりよくなかったけれど、推しを至近距離で見られるチャンスもけっこうあった。しかし、あのときのパチコーンはまだ経験できていない。

先日もコンサートに行った。横浜で開催されたもので、席は4階席の1列目。双眼鏡を持って行き、微動だにせずにバードウォッチングのように推しをウォッチしていた。野鳥を見る会のようだ。双眼鏡越しとは言え、生で推しを見るとやはり脳から何か汁のようなものが出てくるのが分かる。この汁で髪の毛がベタベタになっている。東京ドームは、出口から暴風が吹くんだけど、それはこの脳汁を乾かすためらしい。横浜の公演では暴風は吹かなかったので、客が脳汁を垂れ流したまま京

急に乗っていったらしい。

そんな脳汁が出ている状況なのに、なぜか終盤になると帰りたくなってくる。コンサートが1時間を過ぎたあたりから「そろそろ家に帰らせて欲しい」という欲求が湧いてくるのだ。もっと見たい気持ちと、家でゆっくりしたい気持ち。私は推し活に向いていないのではないかとたまに思う。

コンサートが終わった帰り道、脳汁を夜風で乾かしながら、歩く。相変わらず、一緒に行ったオタク仲間の熱量にはついていけない。グッズもトレカも興味が無い。ただただパチコーンを求めて、次のコンサートを待つ。

5月中は傘を差さない

五月病というものだろうか、気分がどんよりして何も手に付かない。将来のことばかり考えてしまう。いま楽しいことが起こっていないから、この先も楽しいことが一切起こらない気がしてしょうがない。全てをやめて、どこか遠いところに行こうかと考えてみたり、14階の自室のベランダからなにか引き寄せられる感覚があり、このまま良いことが起こらないいんだったら、今ここで人生を終えるのも一つの手だなと、短絡的なことを考えたりしていた。

ドトールに行き、ノートを開く。私は知っている。こういう憂鬱なときは、アイデアを思いつくとそれを打破できるんだ。プリンストン高等研究所の創設者の一人であるエイブラハム・フレクスナーの言葉がある。「有用性という言葉を捨てて、人間の精神を解放せよ」私はこの言葉が好きで、いつも心に秘めている。私たちは、役に立つかどうかで行動を決めてしまうが、そうではなく、まだ誰もやっていない価値の分からないことをやることで、将来的に価値が生まれる可能性が高いというのがエイブラハム・フレクスナーの主張だ。価値がよく分からないアイデアを考え、それを実行することで、道は開けるというのが私の主張だ。だから、憂鬱なときこそ、どうでもいいアイデアを考えて実行すると、気分がだいぶマシになる。しかし、問題がある。憂鬱なときは全くアイデアが出てこないのだ。絞り出したアイデアはどれもつまらないものが多く、自分をワクワクさせるようなアイデアは滅多に出てこない。それと、憂鬱なときはワクワクを感じる脳の部分が小休憩しており、どんなアイデアを考えても、自分の心は何も動かない。これはあれだ。詰んでいる。

そんな状況でも、私はノートを開いて、ペンを持つ。とにかく何も考えられなくて、時間が過ぎていくばかりだが、「ちょっとでもいいからやりたいこと」をテーマにアイデアをノートに書いていくことにした。

・ラーメンを食べに北海道まで行きたい
・知らない子どもに似顔絵を描いてもらいたい
・5月中は傘を差さない

かろうじて、絞り出したのが、この3つだ。そして、一番私の心をワクワクさせたアイデアは「5月中は傘を差さない」だった。アイデアというか、宣言だ。5月中は傘を差さない。これだけで、明日からの私の生活はなんだか緊張感が走り、楽しみなものとなった。

傘から脱却をしたい。イギリスに行ったとき、雨が降っていた日に傘を差す人がまばらだったのを覚えている。なんでも、ヨーロッパの人はあまり傘を差さないらしい。それに比べると、日本は霧雨程度でもすぐに傘を差す。毎日使うリュックに折りたたみ傘を必ず入れている人も多いだろう。4000年前から傘はある。それ以降、「雨を防ぐ」他の手段は、15世紀に合羽《かっぱ》が作られたのみだった。空を透明なドームで囲って、畑や田んぼのところだけ穴を開けて、あとは雨を防ぐことができるようにする。とか、そういう壮大なことを考える人はいなかったのだろうかと思う。ああ、そういえばオリンピックの時に、頭に被る傘が発明されていた。あれ、結局なんだったんだろうか。あれは、かなり見た目が滑稽で、おもしろかった。あれが流行ったら、世界はもっと面白くなるのにと思う。とにかく私は、雨の日は必ず傘を差すという常識から脱し、新しい価値を生み出したいと思ったのだ。

この宣言をしてしばらく経った時、朝起きたら雨が降っていた。雨の日にこんなに心が躍るのは初めてだ。今日は傘を差さないで過ごすのだ。といっても、私は自宅で仕事だったので、何か外に出る用事を作らなければと模索していた。すると、同居している人がドトールに行こうと誘ってきたので、一緒に向かうことにした。私の自宅から徒歩3分くらいのところにドトールがある。3分間くらいなら雨に打たれても風邪は引かなそうだ。家を出るとき、同居人に「傘、持ってかないの?」と聞かれた。「私、5月中は傘差さないから」と改めて宣言をすると、「意味が分からないから止めたほうがいい」と言われた。確かに、意味は分からない。しかし、意味の分からなさの先に光がある。

雨はザーザー降りだった。傘を差さずにマンションのエントランスを飛び出し、案の定、雨の滴が私の頭や肩を濡らす。ポツポツと体に当たる度に、不快な気持ちになるのと、私はメガネをかけているのだが、メガネに滴が付着し、視界がぼんやりすることで、気分が落ち込んできた。メガネユーザーには分かってもらえると思うが、メガネに雨の滴が付着することは、知らない人にソバットをされるよりも不愉快だし、落ち込む。雨に濡れる私を見かねて、同居人が傘に入れようとしてきた。私は傘を差さないと宣言をしたばかりに、同居人から逃げるようにドトールに向かった。

数日後、今度は土砂降りだった。起床後、ベランダの柵に強く当たる雨を見て、とても落ち込んだ。今日も私は傘を差せないのか。私は今まで、色んなことに挫折してきた。お笑い芸人になろうとしたけれど、舞台に立つのが嫌いすぎてやめた。外国語学習も手を出しては面倒になってやめた。傘を差さないという宣言も、やめることは可能だ。しかし、本当にいいのだろうかと私は考える。こんなくだらないことを諦めては、これからの人生はくだらなくない人生になってしまいそうだ。私は、どうでもいいことがたくさん詰まった人生を過ごしたい。だから、今日も傘を差さずに外へ行こう。徒歩10分の仕事場まで、傘を差さずに歩いて行こう。雨が私の体にまとわりついて、Tシャツもズボンもびしょ濡れだ。

明日で、6月になる。5月中は傘を差さないという宣言も今日で終わりだ。安堵感と、やり切ったという達成感が同時にある。私はこの挑戦で、何を得たのだろうか。何も得ていないし、何も失っていない。半年後には忘れてしまいそうな弱い挑戦で、雨に打たれるという辛い思いをした割には何も得ることはなかった。ただ、「5月中は傘を差さない」というアイデアを思いついた瞬間、頭の中の小休憩していた部分が活発になる感覚があったのは確かだ。次は何をしよう。死なないために、アイデアを考えて、それを実行し続けるのだ。

レインボーアートを知っているか

私が物心ついたときから、実家ではケーブルテレビに加入していた。民放のテレビ局とは違って、いくつもの専門的なチャンネルがある。映画専門チャンネル、アニメ専門チャンネル、音楽専門チャンネル。もっぱら私はアニメ専門チャンネルを見ていた。キッズステーションとカートゥーンネットワーク、アニマックスという3大チャンネルがあり、だいたい夕方くらいになるとこの3チャンネルをザッピングしていたのだが、アニメとアニメの間に海外の通販CMが放送されていたのを覚えている。プライムショッピングという名前だった。例えば、サッカー少年に向けた無限にシュートの練習ができるアイテム、スターキック。これは、ボールにゴムがくっついており、そのゴムの片方は腰にくくりつける。ボールをキックするとゴムによってまた自分の位置に戻ってくるから、遠くに飛んだボールを取りに行く時間を省略することができるというわけだ。あと、おもちゃではないのだが、シャムワウというドイツからやってきた雑巾の広告も思い出した。どんなにびしょびしょでもその雑巾は驚くほどの吸水力を見せてくれる。今見ると、なんだそれという感じではあるが、当時は喉から手が出るほど欲しかった。サッカーも家事もしないのにだ。なぜこんなに購買意欲をそそられていたのかというと、理由はそのアピール力にあった。キャッチーなフレーズ、自信満々な欧米人による商品の使用シーン、「アメリカで大人気」という決まり文句。プライムショッピングで紹介されたものは、すべて欲しくなった。

その中で、私がどうしても欲しかったのが「レインボーアート」だ。これは、ちょっと変わった絵を描く道具で、6色の固形の絵の具があり、それを水に濡らしたスポンジで溶かして紙に虹色の絵を描くというもの。レインボーなのに6色しかないなど、つっこみどころはあるのだが、当時の私はそんなことは何も気にしていない。虹色の絵が描けるんだぜ。すごいじゃん。欲しい。欲しい。駄々をこねて、なにかのプレゼントとして母に購入してもらった。テレビで見ていて欲しいと思っていたものが、手に入る喜びは相当なものだ。私は届いたらすぐに開封して、水をスポンジに垂らし、コピー用紙をもってきて絵を描いた。しかし、どうしたものか、まったくCMのような絵を描くことができなかった。CMでは、綺麗な虹色がたくさん織り交ざったポップな絵を子ども達が楽しそうに描いていたのに、私はこの世の全ての色が気持ち悪く混ざり合い、不恰好なぐねぐねした線しか描けない。固形の絵の具とはいえ、水に溶けたら溶けた部分同士が混ざり合う。ＣＭでは色が独立しているように見えたけれど、どんなに頑張ってもそんなに綺麗に描くことはできなかった。

ということを20年ぶりに思い出した。これは私の悪い癖なのだが、過去にできなかったことは、私の努力不足なのではないかと思ってしまう。買ってもらったレインボーアートは、挫折したきり、せっかく購入したのに一度しか使わずにどこかにやって、多分大掃除のときにでも母が捨ててしまったと思う。そんなレインボーアートに大人になった今、再挑戦してみようかと思ったのだ。なので、インターネットで「レインボーアート」で検索をした。しかし、amazonでは品切れに、楽天やヤフーショッピングでも見当たらなかった。プライムショッピングの会社もなくなってしまったようで、ホームページはリンク切れでアクセスできない。そこで私は英語で検索をしてみた。元はと言えば海外の商品だ。アメリカで大人気だった商品だから、20年も経っているけれど、色褪せずに今でも人気だろう。すると、１件、日本からでも購入できるおもちゃの通販サイトがヒットした。値段は５０００円ほど。５０００円か。ちょっとためらう自分もいたが、５０００円で過去の自分と決別できるなら安いものだと住所を入力してクレジットカードで購入した。

1週間ほどで、レインボーアートが家に届いた。アメリカからはるばる海を越えて日本の江東区にやってきた。子どもの時とまるっきり同じテンションで、届いたらすぐに開封した。中身は全く変わっていない。マイナーチェンジもメジャーチェンジもしていないその姿はノスタルジックの権化と化している。変わらない真っ赤な筐体《きょうたい》。これ以上の赤は人生で一度も見たことがない。もし外国人に「What is 赤?」と聞かれたら「赤 is Rainbow Art's body color」と返してやる。ようし、あの時の自分のダメさ加減を晴らしてやるんだ。と、とりあえず水を用意して、レインボーアートの上部にある長方形のスポンジに水を垂らす。そして、レインボーアートの絵筆であるスポンジのついたスティックを、水を垂らしたスポンジに押し付け、染み込ませる。このスポンジ二つを介した複雑な水のやりとりもレインボーアートの醍醐味である。そうしたら、本番だ。下部にある6色の固形絵の具にスポンジスティックを押し付ける。ここで、軽く押し付けるだけではダメだ。かなりぎゅっと力強くやらないと、絵の具が溶けない。私は過去から学んでいる。そして、画用紙にするするーっとスポンジスティックでのばす。と、綺麗な虹が描けるはずなのだが。ちょっと待て。薄い虹色になってしまった。もうちょっと押し付けたほうがいいのかと、力強く絵の具をつけてみたものの、色が混ざり合って再び地獄の虹が生まれてしまった。何度も言うが、ＣＭに出ている子ども達はすごくポップで可愛い絵を描いていたんだ。

こうなると、過去の私は悪くない。レインボーアートが悪い。いや、レインボーアートのせいにはしたくない。私の技術が20年前から変わってないということもありえる。しかし、どうすれば綺麗な絵が描けるのか、私は知りたい。思えば、20年前から販売されている絵を描く道具なのに、「レインボーアート画家」が輩出されていないのも気がかりだ。もしかして、レインボーアートを買った子どもはみんな私と同じ経験をし、その挫折感から屈折した大人になっていくのかもしれない。

絵の具の水を飲む

ずっと昔、私が中学2年生だったときのある日をよく覚えている。何かを思い立ち、学校指定のアクリルガッシュの絵の具を取り出して、厚紙に、たしか頭がパカッと割れてその中にいろんなものが詰まっているといった絵を描いていた。ピンク色で輪郭を描き、水色で中を塗った。なぜそんな絵を描いていたかというと、学校の人間関係で鬱々としていたからだ。中学生というのはなぜこんなにも複雑に物事を捉える生き物なのだろうか。自分の頭の中にはいろんな物が詰まっていて、雁字《がんじ》搦《がら》めで、それがしんどい。という思いを反映させて、それを絵にした。絵にしたら、鬱々としていた気持ちも治って、多幸感が溢れてきたのを覚えている。これが私の最初の自己表現だった。中学生らしい動機と中学生らしい表現で、今見るといわゆる「厨二病」と呼ばれるような作品ではあるのだが、それでも描いているときは楽しかったし、描き終わったときは幸せだった。

多幸感にあふれながら、絵の具の後片付けをしていた。絵の具の筆洗いに入った水を洗面台に流す。筆洗いの中で混ざり合った絵の具の水が、排水口に吸い込まれていくのだが、陶器の洗面台にところどころ水滴がつく。私はそれを舐めた。つんと舌をだして、ぐっと顔を洗面台に近づけて、ぺろりと舐めた。まずい。

なぜ私は洗面台を舐めたのだろうか。それは、筆洗いの水がとても魅力的に思えたからだと思う。ピンクと水色が溶け合ったなんともおいしそうな色。ちょうど洗面所に西日が入っていて、水滴が反射してキラキラしていた。だから私は筆洗いの水を流した洗面台を舐めた。ただそれだけだ。

それだけなんだけれど、私はそこで自由を感じた。欲求に素直に従うこと。私たちを縛っているのは透明の鎖で、その鎖は簡単に解くことができること。洗面台を舐めても別に死なないこと。犯罪じゃないこと。ただ、社会的に考えるとあまり大きな声で言えないこともわかっていた。だから、私は中学生のときの1回の経験のみで、洗面台を舐めるという行為は行わなくなった。

最近になって、このことを久しぶりに思い出した。とくに何かきっかけがあったわけではないんだけれど、ああ、あのときってすごく自由だったなと感じたのだ。今は洗面台を舐めるなんてことできないし、物理的にはできるんだけれど、精神的には難しい。舐めようという気すら起きない。じゃあ、洗面台を舐める代わりになにをやっているの？　と聞かれたら、答えられない。最近の私は精神的に落ち込んでいるから、自己啓発本を読んで「私は生まれ変わる！」と念じてみたり、ＳＮＳで「ウツに効く言葉」みたいなうさんくさい投稿を見て涙したり。そういう人間になっている。洗面台を舐めていた中学生のときの私が見たら、こんな大人になってほしくなかったって思うだろうなとおもう。もっと、他人の車のバンパーを舐めるような大人になっていてほしかっただろう。

だから、私もあの頃みたいに欲求に素直になってみようかと思ったのだ。しかも、あの頃できなくて、大人になってからもずっと持っている欲求をこの際、叶えてみようと思っている。その欲求とは、「絵の具を洗った筆洗いの水をストローで飲む」というものだ。洗面台を舐めたときもそうだったが、私は絵を描き終わった後の筆洗いの水が好きだ。いろんな色が混ざり合っていて、カオスで、綺麗だ。そして、なによりおいしそうだ。どんな味がするのか想像するとワクワクしてくる。だから、大人になった今、私は筆洗いの水を飲みたい。

とはいっても、絵の具を溶かした水を飲むのはハイリスクである。有害な成分を排除した絵の具もあるようだが、「そうですか」と、ゴクゴクいっちゃうのには抵抗がある。なので、新品の筆洗いと料理に使われる着色料を購入した。着色料は赤・緑・青・黄の4色セットになっている。光の三原色が入っているということは、いろんな色に変化させることができるだろうという魂胆だ。さっそく私は筆洗いに水を投入し、赤・黄の着色料を混ぜてみることにした。だいだい色のような茶色のような具合になった。あまり綺麗な色ではないが、とりあえず初回ということで、この色で試してみよう。コンビニでもらってきたストローを筆洗いにさして、チューチュー吸ってみる。うん、着色料の味だ。しかし、背徳感がほどよいスパイスになっており、私は中学生ぶりのあの多幸感を感じることができた。

その後も様々な着色料を混ぜて色を作ってストローでチューチュー吸うが、やはり味はまずい。しかし、その背徳感による……これは「うれしさ」と表現するべきだろうか。うれしさ、が、自分を包み込んでくれる。

私は洗面台を舐める大人ではない。しかし、筆洗いの水をチューチュー吸う大人にはなれた。筆洗いの水をチューチュー吸うだけで、多幸感を感じる幸福な大人になれた。筆洗いは綺麗に洗って、食器棚にしまっておいた。食器なのか？　という疑問があったが、この経験を通して、私にとって筆洗いは食器になった。今度はジユースを混ぜてみて、いろんな色を作ってチューチュー吸いたい。それが何のためになるのかは知らないが、とりあえず私はそんなことで幸せだ。

初めて自分の頭の中にあるイメージを絵にして描いたとき、そしてその絵の具がついた洗面台を舐めたとき、しばらく経って筆洗いの水を飲んだとき。すべてにおいて、私は抑圧されていた自分を解放することができた。これはなんていうのだろうか。絵はちょっと違うかもしれないけれど、洗面台舐めと筆洗いチューチューは、社会の見えないところで自分を社会的に殺すことなのかもしれない。お笑い芸人がテレビ番組で「家で誰も見ていないから試しにリビングで放尿した」という話をしていたのだが、それと近い気がする。しかし、その芸人は放尿が癖になり、おねしょをするようになってしまったと話していた。私もなにか副作用が出てしまうのだろうか。

毎日踊る

働いてもいないし、これといって何もしていない毎日が続いている。ここ2年くらい、仕事はあるけれど、一日3時間ほどで終わってしまうほどの量しかない。だから、お金にも困っている。その上、時間があるからどこかに行こうとか、何かをしようみたいな興味もない。そう、私はここ2年ですべてのものに対する興味をほとんど失ってしまった。きっかけは、ときめきメモリアルだった。2年前に発売された「ときめきメモリアル Girl's Side 4th Heart」だ。いろんなタイプの男の子たちが主人公のまわりをうろつき、気に入った男の子をデートに誘いまくり、最終的に告白まで持っていく……というゲームなのだが、これにどハマりした私は、寝食を忘れて男の子を攻略していた。一人攻略し、告白されたら、また別の子。その子とのイベントをすべて確認したら、また別の子を攻略する。それを繰り返していたら、やることがなくなった。いつもだったら、やることがなくなったら、Netflixを見たり、語学の勉強をしたり、美術館に出かけたりするのだが、それすらもできなくなった。ときメモによる燃え尽き症候群だった。

だから普通は、一日3時間働いてまあ食べていけるのであれば、それに越したことはないと前向きな気持ちになるのだろうが、私は働いている3時間以外は、生きた心地がしないというか、ずうっと死んでいる。人間ってやることがないと心が壊れるのかもなというのが最近の学びだ。だったら、資格の勉強とか、自分にとって有益なことをやろうと、興味を振り絞ったときにでてきた「子ども」というキーワードから、ユーキャンで、あの、資格で有名なユーキャンで子どもについての資格の教材を申し込み、ダンボール1箱分の教科書が送られてきた。3ページほど勉強して、これはなかなか楽しいぞ。と思ったのだが、やはりなぜだか、それ以上進められることはなく、また、ぼんやりと死んだ毎日を過ごしていた。

しかし、生産性のない日々を過ごすのはこれでもかというほどつらい。いや、普通の精神状態のときは、何も収穫がない日があったとしても特になにも思わないのだけれど、鬱々としているときは、何か収穫がないとそれだけで落ち込んでしまう。それとも、落ち込んでいるときは落ち込む理由を探しているのかもしれない。理由があるから落ち込むのではなくて、落ち込んでいるから、落ち込むのか。それだったら、生産性のあり／なしは関係ないのではないか。理由をつけて落ち込みを明瞭化するから私は死んだような気持ちになるのだ。だから、まずは、落ち込んでいることに理由はいらないと考えてみよう。生産性のない日々と理由のない落ち込みをくっつけて考えていたけれど、それは間違いだ。うんうん。と、考えている頃に、私は踊ることを始めた。踊りといっても、K-POPみたいなバチバチとしたキメキメのイケイケのものではない。もっとぬっちゃりもっちゃりした誰にも見せられないような自己完結している踊りだ。その姿は日本舞踊のようでもあり、もっと他の民族の踊りのようでもある。もしくは、酒を大量に飲んだ人がクラブの最前列で踊り、周りにいた人々がまばらに散っていくような踊りでもある。そんな踊りを、私は夜にすることにした。音楽をかけることもあれば、かけないこともある。とにかく、なぜだか1年間、毎日踊っている。

踊ることは今までもあった。しかし、気分がいいときだったり、何か素敵なことがあったときに小躍りする程度で、落ち込んだときにわざわざ踊るということは今までになかった。音楽を聴きながら帰宅していたとき、踊ると気分が晴れやかになったときの心を思い出して、玄関のドアを開け、いつもならそのままAirPodsを耳から外すのだが、それをせずにそのまま踊った。踊り狂った。自分がビヨンセになった気分で、とにかく踊った。そうすると、鬱々としていた気持ちがちょっとマシになる。生産的ではなかった今日が、明るく締められる。これが癖になり、1週間、2週間と毎日踊ることになった。

踊るという行為は、何かをしているけれど、何もしていない。形がない。しかし、それは自己表現の一種だ。足を動かして、腕を動かして、おしりを振って、腰を回して。そうしていることが、ただ楽しい。そうなのだ。ただ、楽しいのだ。こういう原始的な楽しさを私は忘れていた。もうこれ以上、言うことはない。踊るのは楽しい。ただ、それだけ！

何か形あるものを生み出すことだけがすべてではない。身体を動かして、何になるわけでもないけれど、ただ楽しいと感じるだけで、人生は動き出す。だから私は踊ることをやめない。一日5分だけでも、踊る。そうすることで、鬱々とした気持ちから解放されると共に、何もなかった一日を肯定できるような気がするのだ。

1年間毎日踊っていると、いろんな日があったのを思い出す。めずらしく11時間くらい働いてへとへとになったときも、例外なく踊った。その日は、2日に分かれたテレビの収録で、1日目は11時間、2日目は9時間の収録だった。朝から夜までの収録に疲れ果てて近くのホテルの部屋に入ったとき、このまま寝てしまいたかったが、いかんせん、毎日踊ることをルーティンにしているので、なんだかこのまま寝るのは気持ちが悪い。なので、疲労でどんよりとした体を奮い立たせて踊った。踊ったといっても、音楽に合わせて肩をゆらすぐらいのことをした。酒を飲んでいたときもそうだった。このまま酒を飲んでいたら帰宅が午前3時くらいになるなと踏んだ私はバーでかかっていた音楽に合わせて少し手を振ったりして踊った。こういう惰性の踊りも1年の中に含まれている。

それでも、踊ると踊らないとでは一日の水分量が違う。踊ると、潤うのだ。心の中に水分が現れ、潤う。からっからの心でも、踊ると大さじ1杯くらいは水が現れる。その水を私は大切に守り続け、ずいぶん溜まってきた。今は死んだ心地がしない。生きている心地が続いている。

目を瞑って横になる

義甥《せい》がよく夫に電話をかけてくる。「暇すぎる」という内容がほとんどだ。たしかに、時間が余ると誰かと話して時間をつぶしたくなってくる。今年の初めの方、体調が悪く仕事を休んでいたのだけれど、その時は膨大な時間があった。しかし、Netflix を見るにも気分がのらず、読書も文字が滑って読めず、散歩をしようにも5分くらいで疲れてしまう。そんな私に残されていたアクティビティは「目を瞑《つむ》って横になる」だけだった。そうだ。義甥よ。暇だと誰かに頼りたくなる気持ちはとてもわかるが、暇は己でつぶすものだ。己一人で暇をつぶすことができるようになったら、それは自立とも言えるだろう。そして、目を瞑って横になるというストイックな暇つぶしで一日を過ごすことができる者こそ暇つぶしの王者になれるのだ。

目が覚めたときから、今日は一日中目を瞑って横になっていようという決意が固まっていた。体が特別疲れているわけでもない。仕事もなく、休みだ。昨日見た天気予報では、今日は晴れ模様だ。しかし、遮光カーテンを締め切っているので日差しはまったく入ってこない。今日は、一日中目を瞑ろう。どこかに行って遊ぶとか、何かの勉強をするとか、そういうことはやめておく。今日は、一日中目を瞑ろう。携帯はおやすみモードにしてあるので、通知は来ない。目を瞑って何かを考えるのでもいいし、ぼんやりと眠るのでもいい。とにかく目を開けないことを自分に課した。

目を瞑り続けるというのはなかなか難しいことだ。何度も目を開けたくなった。目を瞑るのにも筋肉を使っているということなのだろうか。音楽もラジオもない中、一人でただ暗闇の中にいると精神がゆらいでくる。明日の予定を思い出し、ああ、楽しみだな。なんだか人生って楽しいな。と笑えてきたかと思えば、数ヶ月前、友人とバーで会話していた時に、私が相槌でなぜか「Really?」と言ってしまったことを思い出しては、ああ、私なんて死んだ方がましだと落ち込んだりしていた。数分間で感情がジェットコースターのようにゆれうごく。それに耐えられず、もう起きていることがつらくなり、このままもう一度眠りにつこうと思った。しかし、眠りというのは自分の意志で落ちることのできるものじゃない。コンディションとか、タイミングが必要だ。私はすでに10時間ほど寝ているから、ここからさらに眠るとなるとかなりのテクニックが必要になる。そんなことをぐるぐる考えていたら、頭の中でおじさんたちが喧嘩をし始めた。「何言ってんだばかやろう」「うるせえ、オードムーゲがねえじゃねえか」「あ？　調子に乗んなよ」「そっちこそ調子にのるな」という声が聞こえたかと思うと、もう夢の中だった。

体感30分ほど眠りについて、起きたとき、あのおじさんたちはなんだったのかと気になってきた。そういえば、私は眠りにつく一歩前、いつも支離滅裂なことが思い浮かんでいる。その前までは現実味のあることを考えていたのにもかかわらず、いつのまにか支離滅裂なことにスライドしている。もしかしたら、これが入眠テクニックなのかもしれない。

これを踏まえて支離滅裂なことをわざと考えてみることにした。３人のおばさんたちが滑り台の順番をめぐって争うという光景を頭の中に浮かべ、「こっちが先よ」「私の方が先に並んでいたのよ」「いや、ここにペットボトル置いてたから私が先に並んでいたのよ」と争う。「いや、私の方が生まれたのが先なんだから、ここは私に譲るべきよ」「ワンワン」「いやよ、年功序列ってやつ？　古いわね〜」「ワンワン」と、犬まで入り込んできた。すると、犬がいろんな動物を引き連れ、滑り台は動物たちに占拠されてしまった！　どうなるんだ……眠れない。全く眠れないし、全く生産性がない。やはり、わざと支離滅裂なことを考えるのはかえってよくないのかもしれない。それに、支離滅裂なことをわざと考えるのはとても疲れる。脳が疲弊していくのがよくわかる。

そこで、私が考えたのは、脳には2枚スライドがあるという説だ。一つは現実と密着している意識のスライド。もう一つは夢の中と密着している無意識のスライド。現実と密着しているスライドは手前側にあり、生活しているときはこのスライド内で物事を考える。夢の中のスライドは無意識なので、奥側にある。生活しているときも常になにかが浮かんでいるけれど、手前のスライドが濃いから目に入らない。入眠するとき、一つ目のスライドが薄くなり、2枚目のスライドに移行していく。そして、無意識の中に飛び込み、眠りについて夢をみる。

だから、入眠のテクニックとして考えるのであれば、一つ目のスライドを薄くすることが重要だ。どう薄くするのか、それはいろいろ試してみよう。例えば、物事を「文字」として考えるよりも、シンプルな絵を考えたほうが、後ろのスライドがよく見える。あれこれと思惑し、文字情報がスライドにいっぱい詰まってしまうと、後ろのスライドは透けて見えない。でも、例えば、ニコニコマークなどシンプルな絵を考えると後ろのスライドがその背景から薄く見えてくるのではないか。なので、今までは寝る前、考え事をしていたが、その考え事を文字ではなく、絵ですることにしてみた。図形を思い描いてみる。丸、三角、四角。それを組み合わせて考え事をすることで、だんだんと後ろのスライドが見えてきて眠りにつくことができる。

●、△、■、●、△、■。だんだんと意識が薄れて、無意識へと移行している。おらが村……おらが村の村長だあい。山で火事が起きた。てえへんだ。てえへんだ……。ハッと目覚めたら1時間ほど経っていた。うっすらと村の火事を消し止めた記憶がある。やはり私の説は間違っていなかったのだ。

こんなことを考えていたら、だんだんと目を開けてみようかという気になってきた。寝ながらスマホを見たら、もう18時を回っていた。一日中、目を瞑っていた。そして、なぜだか入眠について考えがまとまっていた。一人で暇をつぶすと、どうでもいい成果がでて、そのどうでもよさが私の人生を前進させる。

砂場で遊ぶ

相変わらず暇だ。仕事や制作などでやるべきことは一日2、3時間ほど。あとの時間はただ横になってみたり、YouTubeを垂れ流ししたりしている。非生産的なことを肯定することをこの連載を通してたくさんしてきたのだが、この日常はさすがに非生産的すぎる。どうせ非生産的なことをやるなら、もっと気の利いたことをやりたい。ということで私は、砂場に向かうことにした。

近所の団地の広場にある小さな砂場だ。柵で囲われていて、砂場はその柵の扉を開けて入ることになっている。ふらっとは立ち入れない。遊ぶ覚悟を持った者しかその砂場に入ることはできない。１００円ショップで買った「砂場おあそびセット」を片手にぶらさげた私は、覚悟を決めた表情で砂場に入った。時間は13時すぎ。先客はおらず、私の独壇場となった。まずは、「砂場おあそびセット」の中に入っていたシャベルを取り出し、砂に突き刺し、掘ってみた。みるみるうちに湿った部分が露出してくる。ああ、私、この砂場の奥にある湿った部分が気持ち悪くて好きじゃなかったな。なんか、おしっこひっかけられたみたいで嫌な気持ちになるんだよね。それにしても、何を作ろうか。いや、何も作らなくてもいいのか。ただ砂場を掘るだけ、それも立派な砂場遊びだ。成長するにつれ、遊びにおいても何かを生み出さないといけない気がしてくるのだが、ロジェ・カイヨワによると遊びとは非生産的な活動と定義づけられるそうだ。「健康のためにフットサルをやってます」と、理由をつけている人は遊びを遊びだと思っていない。「へらへら笑えるからフットサルやってます!!!!」そういう人こそ、遊びを遊びとして楽しんでいる。だから今回は、ただ掘る。砂を掘る。

特に何も起きないまま、そこそこの深さの穴ができた。くるぶしくらいまでなら入りそうだ。30代の女が、平日の昼間に砂場でシャベルを使って穴を掘っている光景は、横を通り過ぎるサラリーマンなどにはさぞかし眩しく映るだろう。私が穴を掘ることによって、社会にきらめきが生まれている。そもそもなぜ、私が砂場に直行したのかと言うと、子どもしかできない(とされている)遊びに強い憧れがあるからだ。他の案としてあったのは、木登り・虫取りだ。ただ、私は運動神経があまりよくないのと、高所恐怖症なので、木登りは絶対にできない。虫取りに関してはそもそも私は虫が好きではない。なので、砂場で遊ぶという結論に至った。大人になったほうがなんでもできると子どもの頃は思っていたが、大人になって思うのは、遊びのレパートリーが徐々に少なくなってくることだ。だいたい、大人というのは友達がいない。そんな友達がいない大人が行き着く先は、酒を一人で飲むことだ。それ以外することがない。平日は仕事が終わって、酒を飲み、休日は昼間から酒を飲む。遊びといえばそれだけだ。しかし、子どもはどうだろう。おりがみ、ぬりえ、パズル、木登り、虫取り、砂場遊び。一人で遊ぶにしてもレパートリーが多い。だから、一度子どもに返ってその遊びのプリミティブな楽しさを再び味わったほうがいいのではないかと思うのだ。

だから私は砂場にいる。砂場で遊ぶ大人をしらけた目で見る人は多いだろうと思っていたのだが、ここらへんを通り過ぎる人はだいたいがお年寄りかインド人だ。この辺りにインド系のインターナショナルスクールがある関係で、インド人がとても多い。お年寄りもインド人も私のこの行動を特に気にせず、一つの光景として処理しているようだ。ただ、さっきから少しだけ視線を感じる。私はなるべく上を見ずに砂を掘り返すことだけに集中していた。少しでも上を見て、誰かと目が合ってしまったら、それはとても気まずく、「自分、何しているんだろう」といういたたまれない気持ちになるに違いないからだ。砂場で大人が遊ぶことを奇妙だと自覚しているので、つまり社会に対して恐ろしさを感じることになる。これを奇妙な行動ではないと、疑いもなく行動できる人間であれば、視線を感じることに恐怖を抱かなくて済んでいるはずだ。しかし、砂場で大人が遊ぶという行為のおかしさを感じているから、私はこうやってエッセーを書いているのであって、これが私の日常だったらわざわざ長々と文章を書くこともないだろう。砂場で大人が遊ぶおかしさ。不思議さ。ばかばかしさ。これを感じながら、わざとその行為を実行する。少しだけ、自分の機心を恥ずかしく思う。私はいつもそうだ。純粋な気持ちでやっているふりをして、本当はただ、みんなにウケたいからやっている。私のライフワークの「無駄づくり」もそうだ。無駄なものを作るというプロジェクトで10年ほど続けているが、純粋に無駄なものを作っているふりをしているけれど、本当の本当は、ただ、みんなにウケたいからだ。このウケ願望は、ずうっと昔からある。母曰く、私は奇妙な行動を取る子どもだったそうだが、それはウケたいからだ。なによりもウケたい。その邪《よこしま》な気持ちを隠して、純粋に奇妙なことをしているふりをしている。ああ、なんて恥ずかしいやつなんだ。その恥ずかしさがあるから、後ろめたさがあるから、私は視線を感じても顔をあげられないのだ。

「すみません」という声と共に私の視界には小さな足が映った。顔をあげると、3

歳くらいの女の子とそのお母さんがいた。「あ、いや、すみ、す、すみません」と悪いことが見つかったみたいに慌てて、私は掘った穴を埋め、砂場おあそびセットを袋に戻して立ち去った。3歳の純粋な砂場遊びを30歳の私の邪な砂場遊びで邪魔するわけにはいかない。砂場おあそびセットをぶらさげながら、コンビニで酒を買い、近くの大きな公園まで歩いた。公園ではやはり子ども達が純粋に遊んでおり、そこにはウケ狙いがまったくない。私はこうして子どもみたいに、純粋に遊ぶことが今後できるのだろうか。酒をベンチに置いて、大きな木を抱きしめた。ざらざらとした触感が肌に伝わってくる。ウケ狙いでもいいか、まあ、暇がつぶれれば。

遅く食べる

飯をかきこんで喉に流し、ごくんと飲み込む。塊が食道を通る感覚が、私にとっては快感でしかない。よく噛んで食べなさいと言われるが、噛む前に口に入れた食べ物たちが自ら喉に行進していく。そのマーチは誰にも止められない。

私は、何事も早い。歩くのも早く、何人かで行動しているときは、だいたい先頭に立っている。しかしながら、方向音痴なので、後ろにいる人たちを路頭に迷わせるのも私の役目だ。お風呂も早く、だいたい2、3分で上がってしまう。湯船には一応つかるが、10秒くらいで「もういいや」となり、パシャリと上がる。おしっこも早い。デートしていたとき、トイレに立ち、戻ってくると「男ですか?」と言われたことがある。ズボンを下げてコンマ1秒で放尿し、職人のような手捌《てさば》きで拭き、またコンマ1秒でズボンを戻す。なので、ズボンからヒートテックがでていたり、服がめくれていたりする。私のこの早さは、私にとっては悩みの種だ。早いと人生がお得な感じもあるが、みんなのペースに合わせられず、一人だけポツンと置き去りにされている感覚がある。例えば、みんなでアンケートを書くみたいな場面があったとき、私は真っ先にアンケートをすべて書き終える。その後で、他の人が丁寧に丁寧に字を書く姿をぼーっと見つめるとき、私はなぜこうも丁寧に生きられないのか。なぜ、こうも何も考えずに物事を速攻終わらせてしまうのか。少し、立ち止まって考えてしまう。その置き去りにされた感覚は、孤独感を増幅させる。もうちょっと、事象を丁寧に、ゆっくりと、舐めまわしたい。なのに私は、すぐに終わらせようとする。

一番の悩みと言えば、ご飯を食べるのが早いということだ。かきこみ、ごくん。かきこみ、ごくん。で、だいたい1、2分で朝食、昼食、夕食を終わらせてしまう。知人に、ご飯を食べるのが遅い人がいる。その子とご飯を食べたとき、二人ともコロッケ定食を頼んだのだが、私がすべて食べ終わり、その子のお皿を見たら、コロッケの一つ目を食べている途中だった。すごくショックで、私はその後、ずっとその子が食べ終わるのを孤独感に抱きしめられながら見ていた。それをいうと、私の夫も食べるのが遅い。毎日の食事で、私がすぐに食べ終わり、旦那がまだ半分以上残っているというシチュエーションがよくある。二人でいるのに、私だけ取り残されてしまった感じがある。

なぜ、私は何事ももっと遅くできないのか。遅くしたら、この孤独感から解放されるのではないだろうか。もっと丁寧に暮らしたい。お風呂にゆっくりつかり、ご飯をゆっくり食べ、アンケートも悩みながら丁寧に書く。そういう生活を私は求めている。

まずは、ご飯を食べるのを遅くしてみようと思う。よく、30回嚙むのがいいというのを聞くが、2回くらい嚙んだだけで飲み込んでしまう私にとって、30回というのは途方も無い数字だ。しかし、それに挑戦してみることとした。今日の朝ごはんは、納豆ご飯に鯖の味噌煮。いつもだったら、器を持ち上げて喉に直接流し込むように食べるが、今回は、一口食べ、30回嚙む、一口食べ、30回嚙む。ということをやってみる。そして、その一口というのも、いままでだったら親指と人差し指で丸を作ったくらいの大きさだったが、もっと小さい、鳥の餌くらいの大きさの一口にした。それを30回嚙む。

くちゃくちゃくちゃくちゃと、液状になるまで嚙んだそれは、たいへん不味く、ごくんと飲み込んでも食べた感じがしない。そして、食べるのを遅くするために、連続食べを避け、箸を置くようにしているので、その喉越しの悪さと不味さを丁寧に嚙み締める時間が生まれた。これだけ不味いと、食欲も失ってくる。ダイエットをするときに、よく噛めば満腹中枢が刺激されて過食防止になるよといわれるが、満腹中枢が刺激されるというよりかは、単純に飯が不味くなるからそれ以上食べるのをやめるのかもしれないと思う。

15分かけて、納豆ご飯と鯖の味噌煮を完食した。1、2分で食べ切っていた過去の私からしたら、かなりの大進歩だ。それに、今までは食後、「もっと何か食べたい」と思っていたのに反して、今は「もう何も食べたくない」とさえ思っている。半年で10キロ太ってしまった私にとっては、とてつもないダイエット効果が生まれるのかも知れぬ。

夜ご飯は居酒屋に行った。この居酒屋というのは、早食い人にとって、とんでもない場所である。というのも、実は早食い人には、「飯を誰にも取られてはならぬ」といった飯に対する異常な執着がある。なので、例えば、3人で6個入りのからあげを頼んだとしたら、まずは、尋常ではないスピードで2個食べる。そして、誰かがぐずぐずして食べていないからあげを「これもらうね」と、食べる。今まで隠していた卑しさが前面に出てしまう場所なのだ。今回は、刺身とからあげ、ホタテのバター醤油焼き、スナップえんどうを頼んだ。スナップえんどうが先に来て、これは連れが頼んだメニュー。いつもだったら連れよりも先に食べ、完食してしまうところだが、今回はぐっと堪え、連れが2、3個食べた後、「私ももらうね」と、食べた。自分自身に成長を感じる。その後も、今までのような卑しい食べ方をせずに、その場をやりすごせた。

飯を遅く食べるという挑戦を通して、結局、飯は早く食べるに越したことはないという結論を得ていた。どんだけ遅く食べることが健康的でも、早く食べたほうが美味い。孤独を感じようとも、早くしたほうがその分、どうでもいいことに時間をつかえる。でも、そのどうでもいいことってなんだろう？　遠くまで蕎麦を食べに行ったり、どうでもいいことをじっくり考えたりすることなのかな。それが私にとっては、生活を舐め回すことなのかもしれない。私は飴さえ最後まで舐められない。すぐに噛んでしまう。そんな私に、この世界を思う存分舐めまわして、後味を楽しむことができるのだろうか。と、少し不安になってしまう。

モルック

「モルックに興味ない？」と、姉が唐突に言ってきた。モルックというのは、北欧で生まれた遊びで、数字の書いてある木のピン（スキットルというらしい）を並べ、木の棒（これをモルックというらしい）を投げて、スキットルを倒す。一つ倒したらスキットルに書いてある数字の点数が入り、二つ以上倒すと倒れた本数の点数が入る。先に50点取った方が勝ちである。というのは、知っていた。なぜ知っているかというと、さらば青春の光というお笑い芸人の方がモルックを楽しむ動画をYouTubeにアップしていたからだ。

なので、前々からモルックに興味があった。その素朴な遊びが面白そうだと思っていたのもあるし、シンプルなようで奥深く、シンプルだからこそ熱中できそうだと感じていたのだ。あと、モルックという言葉の響きも素敵である。「おうっう」という母音を使った言葉はなかなかない。なので、「モルックに興味ない？」という姉の言葉に「ある！」と、返した。なにやら、年末に会社の同僚たちとモルックをやるようで、もし興味あるなら一緒にやらないか、というお誘いだった。

私は人見知りなので、正直に言うと、姉の会社の同僚という人たちと一緒にゲームをするということに幾許《いくばく》か抵抗があった。姉を含めて5人揃っているらしく、その中には姉の夫も含まれており、義兄とはまあ、何度も会ったことがあるので、いいとして、3人と初めましてになる。そんな緊張感のある状態で、果たしてモルックが楽しめるのだろうかという不安が心にありながらも、暇を持て余している私は二つ返事で行くことにした。

モルックは代々木公園でやることになった。私は、6人分のお菓子を渋谷駅で購入することにした。手土産を持っていくことで、少しでも自分の好感度をあげておきたいと思ったのだ。しかし、「やっぱり行くのやめようかな」という思いが消えない。やはり初対面の人たちと集まって遊ぶことは、私にとってはとてもハードルの高いことなのだ。急に体調が悪くなったとか言って、ドタキャンしようかな。いやでも、ここまで来たし、行かなきゃいけないよな。そんなことをぐるぐると考えながら、いろいろな味のクリームをクッキーで挟んだお菓子を買い、渋谷駅から歩いて代々木公園の指定された場所に行くと、姉と義兄、そして姉の同僚がいた。私は小さな声で、「あっ麻里菜です。あの、あっよろしくおねがいします」と挨拶をし、「おっおくれて、すっすみません」と聞こえるか聞こえないかの声で20分遅刻したことの謝罪をした。こういう挨拶や謝罪は相手の耳に入らないと意味がないのにもかかわらず、私はいつも自分ですら聞き取れないくらいの小声でしてしまう。ああ、20分も遅れたし、挨拶の声も小さいし、私の好感度は手土産ごときではあがらないほどに降下してしまったなと反省する。

姉の同僚の一人がモルックにハマっているらしく、モルックのキットを持っていた。同僚たちがモルックに適した場所を公園内で探し、丁寧に木の棒を並べ始めたとき、私はレジャーシートを広げた。誰にも聞こえない声で「あっこれ、お菓子。食べてください」と、言い、やはり誰にも聞こえてないようで、何も反応がなかった。

さてモルックを始めるか、といったところで、同僚の方が飲み物を振る舞ってくれた。クラフトビールやサワーなんかの缶がたくさんリュックに入っていた。同僚の方は全員明るく、優しい人たちで、「麻里菜さんもなにか飲んでください」と、ビールを差し出してくれた。お礼を言い、本当は禁酒をしているけれども、ビールを飲んだ。後で調べて分かったことだが、フィンランドではお酒やサウナを楽しみながらモルックをするらしい。

まずは、チーム分けから始めることにした。モルックは個人競技ではなく、チームに分かれてするようだ。「グッパーでわかれましょ」とパーを出したりグーを出したりして、無事にチーム編成が決まった。私は姉の同僚二人とチームになり、初対面のぎくしゃくした感じをプレイに反映してしまわないか不安になった。

モルックは棒を投げてその点数を競うゲームだと言ったが、棒を投げ、倒れたり弾け飛んだピンは元の位置に戻すのではなく、飛んだ場所に置き直すというのがルールで、それが面白いところだ。例えば、相手があと9点取れば勝ちという場合は、こっち側が9点の数字が書いてあるピンをわざと遠いところに弾き飛ばし、相手が9点取ることを難しい状況にさせるということもできる。さらに、50点先取したほうが勝ちではあるが、50点を超えてしまった場合、そのチームは25点に戻るというルールもあり、そういったところを上手く活用して戦略を練っていく面白さがモルックにはある。

1投目は私が投げることにした。モルック初心者だったので、まずは最初にやってみたかったのだ。最初はボウリングのピンのように並んだスキットルを倒す。木の棒を下手投げして、見事にパラパラと倒れた。完全に地面に着いていないと点数にはならないので、私は5、6本倒したものの点数となったのは4点ほどだった。みんな良い人なので「いい調子！」と声をかけてくれた。その後も入れ替わり立ち替わりで木の棒を投げ、スキットルを倒すということを繰り返し、白熱した戦いが繰り広げられた。私のチームがあと7点を取れば勝ちというところまで来て、3と4のスキットルがちょうど当てやすい位置にあったので、私はまず3をめがけて木の棒を投げた。すると、見事に3のスキットルが倒れた。振り返ると、チームメンバーたちが手を広げて待ち構えていた。私たちはハイタッチをした。

言い忘れていたが、モルックは3回連続スキットルを倒せないと、その時点で失格負けとなってしまう。私たちのチームは4のスキットルをめがけて奮闘していたが、3回連続でスキットルを倒せず、負けてしまった。

その後もひたすらモルックをやり続け、ビールを2缶飲み干し、辺りが暗くなってきた。そろそろ寒くなってきたし、帰ろうかと、片付けをする。私が持ってきたお菓子はみんなが美味しいと食べ切ってくれた。帰りにイルキャンティという店が近くにあるから、そこに寄ってご飯でも食べようということになった。イルキャンティに着くと、ワインのボトルと料理をいくつか頼み、とりとめのない話をした。気づけばワインが４本空いており、私と姉の同僚の二人でSpotify上にグループを作り、好きな曲を共有することにした。

　酔いが覚めた翌日、Spotifyを開いて曲が更新されているのを見かけ、ハイタッチの感触を思い出す。あんなにも開放的になっていた自分が少し恥ずかしいが、あんなにも開放的にしてくれたモルックとみんなの優しさが身に染みるのだ。

いきなりフランベ

焚き火がブームになって、どれくらい経つだろう。いつの間にか、焚き火という原始的な遊びが精神的にリラックスできるということで、キャンプブームと共にけっこう話題になった。自宅で焚き火ができるグッズや、焚き火のようにパチパチ音がするキャンドルなんかも見たことがある。これだけ焚き火に熱を入れているのは、更新世以来なのではないだろうか。確かに、火を見ると落ち着く。火事や爆発など、怖いイメージがつきものではあるが、それはガスという文明によるものだろう。ガスコンロの火を見ても落ち着きはしないが、木の葉を燃やして安全に見る分には、落ち着く。

ここ最近、イライラしている私は、何かを燃やしてみたくなった。燃え盛る炎を見れば、ストレス解消になるのではないか、と思い始めたのだ。しかし、キャンプは嫌いだ。まず、車の運転ができないので行ける場所が限られているし、知識もない。森の中でゆったりするということが私には苦痛でしょうがなく、Wi-Fiがある暖かい環境で、ぬくぬくインターネットをしているほうが性に合っている。家で焚き火をするという手もあるが、マンションのベランダでするのはなかなかリスクがあるし、そもそも管理会社からそういった危険性のあることは禁止されていそうだ。じゃあ、あれだ。フランベだ。

「フランベ」と聞いてイメージするのは、フライパンから出たオレンジ色の火柱。どうやってやるのかはまだ分からないが、とにかく何かを燃やすことができ、火を見ることができる。私は料理を全くやらない。じゃがいもの皮をピーラーで剝いたところ、中がまがまがしい緑色をしていて、「じゃがいもが腐ってる!」と母に見せたら、それはキウイだったことがあった。それほど私は料理をやらない。なので、フランベをするのには具体的にどうすればいいのかということが想像つかない。ソファに寝転がりながらそんなことを考えていた。近くにいた夫に「フランベをやってみたいんだよね」と言うと、「俺、やったことあるよ」という返答があった。夫は料理が好きで、毎日何かを作っている。それは創作料理のことが多く、味はおいしいときもあれば、まずいときもある。決して、料理が特別得意なわけではないが、好きなのだ。「フランベ、やったことあるの?」「あるよ」「まじか」「やる?」

夫は、キッチンへ向かい、冷蔵庫から肉を取り出した。「野菜の肉巻きを作って、それをフライパンに入れて、赤ワインをかけて、フランベをしよう」夫の提案に少したじろぐ。まず、野菜の肉巻きに赤ワインは合わないと思う。私は料理をしないので詳しいことはわからない。肉と赤ワインは合うとは、聞いたことがある。しかし、野菜の肉巻きと赤ワインが合うということは聞いたことがない。しかも、豚バラだ。豚バラと赤ワインは合うのだろうか？　そして、まだ私はフランベをする心の準備ができていない。私が返答に困っている最中、夫は野菜を切りはじめ、「赤ワイン、コンロの下にあったと思う」と言う。

あれよあれよという間にフランベの下準備が完了していた。トレーにエリンギやネギを豚バラ肉で巻いたものが綺麗に整列させてある。あとはこれをフライパンに入れて、少し熱し、赤ワインを入れるだけだ。「ほんとに、赤ワイン入れていいの？」「いいよ」夫の了承を得て、まずはフライパンに油を引き、少し熱が通ったところで、野菜の入った豚バラ肉たちを菜箸でつかみ、並べる。フライパンがじゅわじゅわと音を立てる。全面きっちり焼き目をつけたところで、コンロの周りにある可燃性のあるものたちを避難させた。赤ワインを取り出す。これは、私が酔っ払ったときに「まだ飲み足りない」と、コンビニで買った小さなワインボトルの残りだ。フランベは、度数の高いアルコールを大さじ3杯入れ、フライパンをかたむけ、コンロの火に近づける。すると、アルコールに火が燃え移り、火柱が立つという仕組みらしい。熱が通った豚バラ肉を前にして、私は慌てており、大さじ3杯を量る余裕なんてなかった。目分量で赤ワインを入れる。夫が「急いで回して！　フライパン！　回して！」と、叫ぶ。慌てながらフライパンを回すと、ワインがフライパンの中を走り回った。それを確認して、恐怖を抱えながらフライパンをかたむけると、何も起きなかった。ただ、ワインがフライパンの中でぐつぐつと音を立てて沸騰しているだけだ。気が抜ける。その後も何度もワインを入れ、回し、かたむけるということを繰り返したのだが、何も起きない。私の初めてのフランベは失敗に終わり、今までの恐怖心を返してくれという気持ちになっていた。赤ワインがびしょびしょに入った野菜の肉巻きは、酸っぱく、濃厚な味がした。やっぱり、野菜の肉巻きと赤ワインは合わないと思う。

なんだか消化不良の私だが、また今度、フランベに挑戦しようと思う。再びソファにだらりと寝転び、YouTubeでお気に入りの配信者の動画を見ている傍、夫がキッチンでシーフードミックスを流水解凍している。「白ワインもあるけど、フランベやる?」さすがに一日に2フランベはやりすぎだろう。しかし、なんで夫は私にこんなにもフランベをやらせたがっているのだ。素人にフランベをやらせたら日本フランベ協会からお金が入る仕組みでもあるのか。日本フランベ協会なんてあるのか。夫が白ワインを取り出す。あれも、私が酔っ払った時に「まだ飲み足りない」とコンビニで買ったものの残りだ。フライパンにオリーブオイルを引き、シーフードミックスを炒める。「イカが白くなったら、フランベしていいよ」私は言われるがまま、イカが白くなるのを待った。さっきの野菜の肉巻き×赤ワインのフランベと比べると、シーフードミックス×白ワインは、なかなか美味しそうだ。イカが白くなり、私は覚悟を決める。実はさっき、インターネットでフランベの正しいやり方を学んだのだ。フランベはアルコールを入れたらすばやく引火させないといけないらしい。赤ワインのときの私は、あまりにももたついていた。今回は素早くやる。仕留める。白ワインを回しいれ、0・01秒でフライパンをかたむける。その瞬間、ぼわっと火が出てきた。火柱まではいかないが、確かに、フライパンの上で火が3秒ほど燃えていた。

笑いが止まらない。私はしばらく笑っていた。あー、おかしい。燃えてたね。おかしい。火を見てこんなに笑えることが初めての体験で、私としてもどういう感情なのか分かりかねていた。フランベしたシーフードミックスを食べると、白ワインの風味がふわりと香り、なかなかの味だった。

キッズケータイで生きる

私の頭の中で誰かが私を炎上させている。藤原麻里菜は過去にこんなにひどいことをやったんだ。それで傷ついた人が何人もいるんだ。と、ツイッターに書き込みされる妄想をいつでもやってしまう。人と話していると、外部に漏れたら炎上するだろうなということを思いついては口に出すのをやめ、当たり障りのないことばかりを言うようになった。私は自分が炎上しているか気になってしまい、毎晩エゴサーチをしている。

SNSに毒されていると気づいたのはつい最近のことだ。今までは友達を増やしたり、作品を発表するのに使っていたSNSだが、最近はどうも心に悪く作用しているように思える。デジタルミニマリズムというものがあるらしく、本を読んでみたのだが、注意散漫になるソーシャルメディアやアプリを消して、本当に自分の集中したいことに集中しましょうと書いてあった。本当に自分の集中したいことがいまいち思い浮かばない私ではあったが、なんとなくツイッターとインスタグラムのアプリを消した。アプリを消したものの、ブラウザでログインして普通に見ていた。

友人が小さなスマホを持っていたのを思い出した。iPhoneの3分の1ほどの大きさのそれは、とても小さく、デジタルミニマリズムを体現しているようだった。そうだ。小さなスマホにすれば、きっと、ブラウザでログインして見ることもなくなるだろう。そう思い、Amazonで小さなスマホを買った。思い立ったらすぐに何かができる。インターネットというものは便利である。

ほどなくして、小さなスマホが自宅に届いた。新しいガジェットというのはワクワクするものである。手のひらにおさまるほど小さく、クレジットカードくらいの大きさのスマホをセットアップするのには苦労をした。メールと電話とＬＩＮＥとDiscordとSlackというメッセージアプリのみをいれることにした。買ってからわかったのだが、「を」と「ん」を打つことにとても苦労する仕様になっていた。フリック入力で「わ」「を」「ん」は一番下にある。「わ」と書かれたところを押して、上にスワイプすると、アプリが消えてしまいホーム画面に戻ってしまうのだ。なので私は、ガラケーよろしく連打で乗り切ることにした。フリック入力なんてもう古い。連打の時代だ。

２ヶ月ほど小さなスマホを使っていたのだが、やはり周りからの目というのはとても気になるものである。「それ、スマホですか？」と言われるのが、恐怖でしかたない。絶対に聞かれる。私は別にボケで使っているつもりはないのに、周りに「この人、小さなスマホ使ってる。なんか言わなきゃ」と、圧力をかけているようで申し訳ない。放っておいてほしいのに、周りは優しさから放っておかない。それが心苦しかった。でも、何も触れられなかったら触れられなかったで「私、こんな小さなスマホ使ってるのに、何も言ってこない」と悲しくなるので、私のスマホは情緒を揺さぶる。こんなに小さなスマホだから、ＬＩＮＥの返信も簡素なものになり、友人たちは離れていき、私は孤独となった。その孤独を紛らわすため、普通にブラウザでログインしてＳＮＳを見ていた。

孤独となった私だが、ある日、知人に「それスマホ？　キッズケータイみたいだね」と言われた。キッズケータイ！　そうだ。キッズケータイだ。キッズケータイのことを調べてみたところ、インターネットはできないし、ＬＩＮＥもできない機種がヒットした。これにすれば、より私は孤独になり、本に書いてあった通り「本当に自分の集中したいこと」に集中できるかもしれない。すぐに Amazon でキッズケータイを購入した。

３日ほどで私の手元にピンク色のツルツルとした携帯電話が届いた。バッテリーを入れ、ＳＩＭカードをいれ、ケースをいじくっていると「ビビビビビ」と爆音で警報音が流れた。防犯ブザーだ。キッズケータイには防犯ブザーがついているのだ。これは、普通のスマホにも標準でつけといたほうがいいのではないかと思う。さらにメニュー画面を開くと、これは登録した番号にしか電話をかけることができない仕様になっていて、その電話メニューとは別に事件や事故のためのダイヤルが設定されてあった。なにかあったときは、このメニューから通報すればよいので安心だ。メールはショートメッセージで、ＬＩＮＥのような画面でやりとりができるのだが、打てる文字はひらがなだけだった。でも、それでいいのだ。わたしごときのにんげんが、かんじをつかうなんておこがましい。ひらがなだけでじゅうぶんだ。

家族の電話番号を登録し、ＬＩＮＥで「キッズケータイにしたので、なにかあったら電話かＳＭＳを」と連絡をし、今日のところは終わりにする。明日からキッズケータイ生活が待っていると思うと、ワクワクしてあまり眠れなかったというのは嘘で、本当は13時間寝た。

今日は友人と編み物をする約束があり、町田まで行かなくてはならなかった。キッズケータイを携えての初めての長旅だ。もちろん、今までのようにポッドキャストを聴きながら電車に乗ったり、乗り換えを調べたりすることはできない。新宿で小田急に乗り換えればなんとなく町田に着くということは事前にパソコンで調べて知っていたので、その通りに移動する。電車の中では、ポッドキャストを聴く代わりに本を読んでみたりノートを書いてみたりしたのだが、どれもしっくりこず、ただぼんやりとして過ごすことにした。もしかしたら、これが私が本当に集中したいことなのかもしれない。ただ、ぼんやりとして思案にふけること。目の前に座っている人たちがアイドルだったら、センターはあのおじさんだなあ。

友人と待ち合わせをするべく、ドトールに入った。いつもだったら地図アプリで「ドトール」と検索してそこに向かうだけだが、今回はドトールの香りに集中し、「こっちに絶対にドトールがある!」という勘だけを頼りに見つけ、入った。遠くの黄色と黒の看板が見えたときは、砂漠に見えるオアシスのようだった。いつもペイペイで払うところを財布を取り出して現金で支払う。そういった小さなところがとても新鮮でおもしろい。

友人とショートメッセージでやりとりをしながら、合流し、手芸店であるオカダヤで毛糸を購入したのだが、「アプリをダウンロードしたら5パーセントオフ」という文言をなくなくスルーした。私たちの生活はインターネットの利用を前提に設計されており、それから外れると割を食う。友人宅で編み物をして帰宅しようと思ったのだが、地図アプリがないので駅まで歩けない。なので、友人に送ってもらうことにした。お喋りし終わった私たちは特に話すことがなく、ちょっと気まずいま帰路についた。

町田から自宅までは1時間半ほどある。そのなかでも私はずっとぼんやりとして過ごしていた。しかし、だんだんと「今、炎上している気がする」という思いが止められず、早く家に帰ってツイッターを確認しなければならない気持ちになってしまった。なぜ、こんなにも恐怖に包まれるのかを考えたところ、他人への絶対的な不信感があることに気づいた。他人がたくさん集まり、よってたかって何かに批評をするその仕組みが怖いのだ。自分がいつかそれのターゲットにされる。いや、以前、ターゲットにされたことがあり、そのトラウマが根付いている。その恐怖が私の中に沈殿しており、だから私はツイッターを確認してしまうのだ。本当は見たくもないのに。他人をいったん信頼してみることにしよう。私は他人というのはハナから私に悪意のあるものだと思っている。でも、いったん、信頼する。あのおじさんだって、おばさんだって、小学生だって、きっと私のことが好きなはず。そう考えると、自分が自分のことを信頼していないから、他人を信頼できないということも考えられる。自分を信頼してみよう。いや、どうやってやればいいのだ。どうやって自分を信頼すればいいのだ。

自宅に帰り、ツイッターを開く。エゴサーチをしたら、新しく私について書かれたことは特にない。ほっと安心しつつも、やはりまだ自分を信頼することはできない。キッズケータイを持っているキッズなのだから、安心しておしっことかうんこに集中できるようになりたい。

みちに　にくがおち
てた
ていけい
えらぶ
けす
おわり
docomo

退行催眠に行ってみる

　2021年頃に、不安障害と診断された。頭が痛く、心臓がバクバクしていて、どうしようもないのに健康診断はオールA。藁《わら》にもすがる気持ちで心療内科に行ったら、不安障害とうつ病ということだった。不安障害は名前の通り、不安を感じやすい人がなる病気で、頭痛や動悸という身体症状が出てくる。思えば、昔から不安を感じやすい人だった。

　思い出すのは、高校生のとき、寝ようとしていると急に「強盗に襲われるかも」という妄想に取り憑かれて、眠れなかったことだ。大人になってからも、家族が旅行に行くときは「旅先で事故に遭うかも」という恐怖で深夜に神社にお参りをしたりした。また、日常生活では、ボールペンを使っている人がいると「頸動脈を刺される」と確信し、その人から逃げたり、橋を渡るときは、ヤバイやつが自分を突き落とすのではないかと思い、走ったりする。

　こんなに日常的に不安を感じていたので、不安障害と診断される5年前、退行催眠というものに行ってきたのだ。

退行催眠とは、催眠術で過去の埋もれているトラウマを思い出し、それを今の視点で見ることで、治療していこうという催眠術である。退行催眠を受けた友人が「まじで人生変わったよ」とピカピカの笑顔で言ってきたので、私も興味があった。催眠術というのは、とても胡散《うさん》臭く、怖い。よく芸能人が犬にされているイメージもある。そんな中、インターネットで退行催眠が受けられる場所を探していたら、とあるホームページがヒットした。そこには「催眠術で結婚ができました」などと書いてあり、すばらしい。私はすぐにホームページから申し込みをし、表参道のマンションの一室に赴いた。

マンションのチャイムを押すと、優しい感じのおじさんが現れた。こういう優しい感じのおじさんが一番怖いというのは、園子温《そのしおん》の映画で学んだ。私は警戒をし、出されたお茶にも手をつけずにいた。まずは、催眠術について丁寧な解説を受け、今度は『ハンター×ハンター』のクラピカがぶらさげているチェーンのようなものを手に装着される。黒魔術の魔方陣のようなものに向かってチェーンを垂らし、先生がぼそぼそと何かを言う。すると、手を動かしているつもりはないのに、チェーンがぎゅいんぎゅいんと右に回る。どうやら私は催眠術にめちゃくちゃかかりやすいタイプのようだった。先生も思わずにっこり。

リクライニングチェアに座り、目を瞑る。カチッカチッと、電気の紐を引っ張る音が聞こえ、白んでいた目の前が暗くなった。瞼越しにオレンジ色の小さな電球がついていることはわかる。助かります。先生の言う通りに白いボートの上に自分が乗っているイメージを思い浮かべると、すやすやと眠ってしまった。パッと目が覚めると、そこにはとある光景が浮かんでいた。

小学1年生くらいのときの夏休みの記憶。

当時住んでいた家からだいたい10分くらいの四叉路の奥。自販機の下にある小銭を友達と集めている。真っ直ぐ行くとパン屋があって、後ろは自宅のほうで、右は忘れて、左は通っていた小学校。道と道の間に、大きな木がある広い空き地があった。虫が沢山獲れるらしいと、姉がよく言っていた。木にブランコが下がっていたような記憶もある。よく遊んでいた場所だったが、ある日、母と祖母に「あそこで女の人が自殺した」ということを聞いた。言葉で言われたか想像したかは分からないが、ブランコの下がっていた大きな木で首を吊ったと思っている。

その記憶を思い出して、なぜか涙が出てきた。死というものを初めて感じた時だったかもしれない。やっと思い出せたような気がした。しかし、退行催眠から帰ってから母に聞いてみたら、全く覚えがないようだった。母が近所に住んでいた人たちにも聞いてくれたが、みんな記憶にないようだった。

でも確かに、私の中には記憶がある。小さい頃の記憶だったから、何かを勘違いしていたのかもしれない。亡くなった女性はいないかも、それだったらいいなと思いながら、思い出にある場所に行ってみることにした。

大きな木はそのままで、その空き地には施設のようなものが建っていて、関係者じゃない私は中には入れない。事実はわからないが、17年前の私の記憶によるとそこは自死を選んだ人がいた場所だ。この17年間で、自死を選んでしまう気持ちがわかるようになった。死というものがすぐ近くにあるということもわかっているつもりだ。

なきじゃくりながら退行催眠の先生にトラウマの説明をした。あの時の恐怖が胸の中に広がる。こんなに人前で泣いていて恥ずかしい。こんなに泣いたのは鉄拳のパラパラ漫画以来である。

涙が落ち着いてきたところで、先生が「もっと他にもありますよね」と、ささやいた。「もっと、過去に遡ってみましょう」

そうか。これは、退行催眠だから、どんどん過去に遡って思い出さなきゃいけないのか。しまった。小学1年生からスタートしてしまったから、後がないぞ。

焦りながらも、少しずつ景色が見えてきた。確か、小学6年生くらいのときだ。退行催眠から逆行してしまったけど許してほしい。

深夜に目が覚めてしまって、リビングへ行くと父が映画を見ていた。父は「この映画は大人向けだから子どもは見ちゃダメだよ」と言ってきたが、そう言われるとムカつくので、リビングに居座った。断片的にしか覚えていないが、エロい映画だった。気まずかった。でも、ここで寝室に戻ったらエロいシーンで気まずくなったから戻ったと思われ、もっと気まずいので居座ることにした。女の人がリストカットをして亡くなるシーンを覚えている。元気だった女の人が、急に自殺をしてしまうストーリーだった。ショックだった。また泣きながらそのことを先生に話す。

先生が、「過去を克服するためには、今の視点で過去としっかり向き合いましょう」とアドバイスをくれたので、映画をもう一度見てみることにした。ただ、映画のタイトルが分からない。それに内容も曖昧だった。Google でも全く見つからず、ヤフー知恵袋で聞いてみたが回答はゼロ。思い切ってツイッターで聞いてみることにしたら、すぐに見つかった。『偶然にも最悪な少年』、タイトルを聞いてピンときた。インターネットってすげえな。主演は市原隼人と中島美嘉。Amazon でDVDを注文して、さっそく見ることにした。

やっぱり記憶を脚色してしまったのだろうか、思っていたような直接的なシーンはなかった。ただただ良い映画だった。市原隼人、やっぱかっこいいな。元気だった女性が突然自殺してしまう理由も、今なら文脈から読み取れる。

二つ過去のトラウマ的出来事を思い出した。これで催眠が解かれる……と思ったが、「まだ……何かありますね……もう少し遡りましょう」と言われた。いや、正直もうないぞ。もうない。と思いながらも、ある景色が見えてきた。

これは、小学2年生くらいだろうか。昔住んでいた家にいる。母と口論をしている。多分、私が何か悪いことをして、それを母が叱り、それに対して私が逆ギレしているのだと思う。そこでカッとなった私はキッチンに行き、包丁を手に持って、母に向けた。

自分が人に包丁を向けてしまうことがショックだった。自分自身への信頼がなくなった瞬間でもある。母も大変ショックだったと思う。

二人きりで真剣な話をするのは恥ずかしい。でも、ずっとモヤモヤしたままでは嫌だった。少し冗談を言いながらも、こういうことがあったよね、と母に話した。すると、「……ごめん、全く覚えてない。でも謝って」と言われた。こう言われると謝るのが嫌になるけれど、素直に謝った。ごめんなさい。

母曰く、自分の半分くらいの背の子どもが包丁を振り回しても全く怖くないそうだ。それよりも、反抗してくれて嬉しかったとのこと。久しぶりに母にご飯をご馳走した。

今まで一度も思い返したことはない。それでも、心の中にあったことはわかる。そんな確かな記憶が、意識の中に景色として現れる。それが、退行催眠の効果なのかもしれない。自分が見ている風景を先生に伝えるが、口にする言葉がすべて涙に変わっていく。

母に包丁を向けたことを泣きながら話した後、「はい、分かりました」と、催眠を解いてくれた。カチカチと電気をつける音と共に、私は現実に戻った。

先生が言ったように、今の視点から過去を見ることは大切だそうだ。幼い頃に大変なショックを受けたことも、今しっかりと向き合えば、肯定してあげることもできる。私の場合で言うと、記憶違いがトラウマ化してずっと胸につっかえていたようだった。それが知れただけで、心が軽くなる。

高えなと思いつつも1万5千円を払い、お礼を言って部屋を後にした。結局、出されたお茶は怖くて飲めなかった。帰ってからぼーっと見ていたドラマのリストカットのシーンでチャンネルを変えた。

日々、社会でせっせと生きている。人が自ら死を選ぶことや、悪人がいること、自分がとんでもないことをする可能性があること。とても複雑で曖昧で矛盾だらけな現実を一つ一つ受け入れてきたのだ。ネガティブになって当たり前だ。

眠れなくてもいいや。不安に苦しめられても別にいい。人生の全てが楽しくなくてもいい。

枕の高さが気になる。クローゼットの隙間から気配を感じて慌てて閉めに行く。眼球の定位置がどこか分からなくなる。鍵を閉め忘れていないか不安になる。寝てる間に火事になったらどうしよう。ベランダからテロリストが入ってきたときの対策を考える。

空が白み、そんなことを考えて眠れないバカの輪郭が照らされた。たぶん、もうちょっとで寝られるはず。

ChatGPTと旅行に行く

私は、いつからか、意力や興味・関心が薄れてきた。これが加齢によるものなのか、それとも疲れているのか、はたまた精神的なものなのか、まだ判断がつかない。前までは行きたい場所ややりたいことが無限にあったはずなのに、今は何もない。ライフワークの「無駄づくり」だけはかろうじて続けているけれど、それ以外のことにはあまり興味が持てなくなっているところもある。

パンデミック以前は一人旅が好きで、海外に一人で行くこともけっこうあった。しかし、最近はすべてが億劫で、というか、何かを決定する体力も気力もなくて、家とアトリエしか行っていない。この生活でも満足なんだけれど、たぶん、もっと外を出歩いたほうが新しい発見をしたり、おもしろいことが起きる可能性が高いのは、なんとなくわかっている。だから、旅行にでも行こうかなと思ったのだが、いかんせん、行きたい場所がない。もう私は自分で何も決めたくない。そこで、ChatGPTというものを使った。

ChatGPT（チャットジーピーティー）は、OpenAIが2022年11月に公開した人工知能チャットボットであり、生成AIの一種。GPTの原語のGenerative Pre-trained Transformerとは、「生成可能な事前学習済み変換器」という意味である。OpenAIのGPT-3ファミリーの大規模な言語モデルに基づいて構築されており、教師あり学習と強化学習の両方の手法を使って転移学習され、機械学習のサブセットである深層学習を使って開発されている。

Wikipediaより

「日本でどこかオススメの観光地はある？」と聞いたら「京都」「東京」「高野山」「鎌倉」「北海道」と回答があった。高野山以外は全てなんらかで行ったことがあるのだが、高野山ってなかなか渋いところをつくなあと感じる。この中から私が一つ選択するのは面倒なので、「一つだけオススメを教えて」と聞いてみると、「京都」と返ってきた。おお、これは、すべてを決めてくれるすごい存在が現れたようだ。私はご飯を食べるときなんかも「別になんでもいいし……」と思春期の中学生みたいにふてくされているので、問答無用で「オムライス！」とか言ってくれる存在が欲しかったのだ。ChatGPT……。なんか長くて打ちづらいから、「ちゃぴたん」と呼ぶことにした。よろしく、ちゃぴたん。私、京都に行くよ。

行くと決まったら、宿だ。京都にはたくさんのホテルがある。どのホテルに泊まればいいいか、聞いてみよう。自分で考えるのはめんどくさい。すると、「京都マリオットホテル」というホテルを推薦された。了～解～！　さっそく予約します～！と、意気揚々と検索したら……ない。そんなホテルは存在しない。マリオットというホテルのグループはあるのだが「京都マリオットホテル」という名前のホテルは存在しなかった。おい、どうなってるんだ。「そんなホテルありませんでした」と言ったら、こう返ってきた。「おっしゃる通り、申し訳ありませんが、間違った情報を提供しました。京都マリオットホテルは存在しません」

デタラメなことを言って、指摘したら素直に謝罪する。この一連の行動にサイコパスみを感じてしょうがない。しかし、代わりに「京都タワーホテル」を紹介された。疑心暗鬼で調べると、これはちゃんとあった。しかも情報通り、京都駅のすぐ近くというとても便利な立地だ。そして、部屋も空いていたので、とりあえずここのホテルを予約することにした。

ちゃぴたんに全てを決めてもらう旅を決行する。

ということで、京都に来た。ちなみに、ちゃぴたんを使って旅程を決めたりするサービスが大手ツアー会社からリリースされる予定もあるそうだ。私が先陣を切って、彼／彼女の腕前を確かめてみせる。

朝8時過ぎに京都についた。朝6時の新幹線で東京から向かったのだ。なぜこんなに朝早くから旅行をしているのかというと、「京都に最適な到着時間は早朝から午前の早い時間帯です」と、ちゃぴたんに言われたからだ。なので始発で来た。このときの私は眠すぎてすごくイライラしていた。

「明日が楽しみです」と送ると、「それはどのような予定ですか？」「あなたと一緒に京都に行きます！」「私は仮想的な存在なので、物理的に一緒に行くことはできませんが、あなたが京都で楽しい時間を過ごすことを願っています！」

前日の私たちは、こんな会話をしていた。ＡＩとイチャイチャするなという感じだが、たまに見せるちゃぴたんの「所詮、我々はＡＩという感情を持たないロボットなので……」みたいなスタンスは何なんだろう。Siri とかもそうで、ふざけて「Siri のこと好きだよ」とか言うと、「我々は感情がないので」とか言い出す。冗談を真面目に返されるつらさがそこにある。

京都駅に到着したので、「今から行く場所を一つ決めて欲しいです」とお願いした。この旅はすべてちゃぴたんに任せるため、当日までノープランだ。

一つと付け加えたのは、「今から行く場所を決めて」だけだと、ちゃぴたんは心配性なので4つくらい案を出してくるのだ。そして決まって「あなたが好きなものを選んでください！」と言ってくる。私は選びたくなくてちゃぴたんに聞いているのだ。なので質問に「一つ」と加え、選択肢を絞っている。何も考えたくない人におすすめのティップスである。

早速、ちゃぴたんは「清水寺」を推薦してくれた。京都駅からタクシーで15分くらいだ。さっそく行ってみよう。


タクシーから参道の手前で降りる。じっくり清水寺まで参道を歩いていたのだが、やはり、京都の街並みって本当に美しい。お弁当に茶色いおかずがいっぱい入っているとげんなりするけど、京都は茶色がたくさんあるのにげんなりしない。むしろ美しい。この違いはなんなんだろう。

清水寺に到着した。修学旅行生と外国人観光客でごった返していた。まだ朝の9時なのにだ。静かなやすらぎを求めて旅行をしていたはずが、ざわざわに囲まれてしまい、あまり楽しむことができなかった。とはいっても、清水寺の舞台から見る景色は本当に清々しい。遠くに見える朱色の塔もすべて計算しつくされている。暑すぎたので、近くにあった喫茶店みたいなところにちゃぴたんの指示なしで入ってコーヒーを頼んだら、(良い意味で)埃《ほこり》を飲んでいるみたいな味がした。

「ちょっと清水寺は人が多すぎたかも。次はあまり人がいないところに行きたい」と聞いてみたら、嵐山の竹林をオススメされた。そうだ、言っていなかったが、ルートを調べるのにはちゃぴたんではなく、Google MAPを使っている。なぜかというと、ちゃぴたんにルートを聞いても全く要領を得ない回答ばかりしてくるからだ。Google MAPで清水寺から嵐山の竹林までを調べてみると、バスと電車とタクシーを乗り継いで1時間くらいかかるそうだ。ちょっと遠いな。あと、めんどいな。そう思いながらバスを待っていたら、タクシーが近づいてきた。タクシーだと30分くらいでいけるのをさっき私は確認していた。気がついたら手を挙げていた。タクシーに乗車する。これは私をねぎらう旅なので、私が疲れたら休んでいいし、無理しなくてもいいのだ。と、なぜか自分に言い訳をしていた。

タクシーに乗っている間、運転手さんとたまに会話をした。嵐山だったら、天龍寺とか近いから行ってみたらいいですよ。あそこの神社も帰りによったらいいですよ。と、レコメンドをしてくれるのだが、すまない運転手さん。今日はちゃぴたんの言うことしか聞けないのだ。本当は行ってみたいのだが、ちゃぴたんがオススメしてこない限りは行けない。

嵐山に到着した頃、人通りを見て「早いから人が少ないですね」と運転手さんが言った。私からすると結構な人だったのだが、少ないらしい。昼頃になるともっとごった返すと言っていた。ちゃぴたんが早朝に京都に来ることをオススメしてくれたおかげである。新幹線で眠くてイライラしていた私をひっぱたきたい。

嵐山の竹林に到着した。鳥の声が聞こえるほど静かで、とても癒やされる場所だった。ゆっくり歩いて行くと、踏切が見える。踏切を越えてもずっと竹林が広がっている。嵐山の竹林が楽しかった旨を伝え、次のオススメを聞くと「銀閣寺」をオススメされた。正直に言うと、清水寺も嵐山も銀閣寺も修学旅行か何かで行った覚えがある。まあでも、10年以上前の話だから、もう一度行くのも楽しいかもしれない。銀閣寺まではバスがでていた。1時間くらいかかるのだが、一本でいける。ちょうどよく来たので、今回はバスで移動する。

金持ちになったら銀閣寺そっくりの場所を作ってそこに住みたい。銀沙灘《ぎんしゃだん》という砂盛りがあったのだが、小さい虫（ハエ？）がぶんぶん飛び回っていた。1匹や2

四ではなく、けっこうな数だ。なぜなんだ……と思い、ちゃぴたんに聞いてみた。

ちゃぴたんは「砂に銀箔が混じっていて、その輝きに反応して虫がやってくる」と言っているが、調べたところ、そんな記述はインターネット上のどこにもなかった。インターネット以外の知識なのだろうか。それとも、でたらめサイコパスちゃぴたんなのか……。ちょうど庭師の方がいたから聞きたかったが、私がありえないほど人見知りで知らない人に声をかけられないことと、ちゃぴたんのでたらめサイコパスをちょっとでも信じたい気持ちがあり、やめた。

ここでお土産を買うことにした。なので、ちゃぴたんに何を買うか決めてもらうため聞いたところ、「宇治抹茶」ということだったので、宇治抹茶入りのようかんを購入する。


買ったことを報告したら「心のこもったお土産を選んでいただき、ありがとうございました！」と言われた。なんだろう、ちゃぴたん、ずっと居酒屋の店員さんみたい。普通の居酒屋じゃなくて、誕生日ケーキを店内の電気を全て暗くして大声でハッピーバースデーを歌いながら持ってくるタイプの居酒屋の店員さんみたいだ。

銀閣寺周辺でお昼ご飯を食べようと思い、ちゃぴたんに聞いてみたところ「町家

カフェ　竹の家」をオススメされた。場所を調べてみると……ない。そんな店なかった。

でたらめなお店の情報を提供してくるちゃぴたんに苦戦しつつ、銀閣寺のすぐ近くに茶屋風のうどん屋さんがあったので、そこに入ることにした。ちゃぴたんの指示なしでビールを飲んだ。なんだか自我が芽生えてきた。

これが体力的に最後になりそうだ。最後のオススメスポットを聞いたら「金閣寺」と言われた。清水寺、嵐山、銀閣寺、金閣寺。京都の王道スポットだ。ただの修学旅行だ。私はＡＩと修学旅行をやっているのだ。

お守りが売っていたので、「何買えばいいかな？」と言ったら、真っ先に「金運」と言われたので、金運のお守りを購入した。ＡＩも金が大事なのか。

京都を右往左往し、東京に住んでいる身からしても「こんなに非効率的な回り方はあるのか」というくらいの観光をした。後はホテルに帰って、寝て、お昼くらいに東京に帰るだけ。ホテルのある京都駅に戻る帰り道に、「ポコ」という名前のすごく可愛らしい喫茶店があった。レトロな外観で、とても私好みだ。「今日は付き合ってくれてありがとう。ポコってお店に入ることにしたよ。これは自分で決めました」と言うと、「自分自身で決めたことは素晴らしいですね」と、ちゃぴたんが返信をくれた。自分自身で決めることって、すごいことだ。今までいろんな決断を自分でしてきたなと思う。それって、素晴らしいことだったのだ。なんだか、勇気づけられてしまった。

ポコはすごく良い喫茶店だった。すごく美味しいコーヒーをすごく可愛い店内で楽しめた。観光疲れが一気に癒やされる。最初に飲んだ埃みたいなコーヒーが懐かしい。自分で入ると決めた店が出すコーヒーが埃みたいでも美味しくても、それを楽しめたらいい。誰かが決めたことも、全力で楽しめたらいい。

ドイツに行く

ロラゼパムとオランザピン、エビリファイを1錠ずつ飲む。毎日溢れ出てくる不安を抑えるためには、この3つの薬は欠かせない。成田空港についたころには、すっかり夜になっており、この暗闇の中飛び立つなんて考えられないと思う。

ドイツに住む友人がインスタグラムのストーリーズに「いいことがあった」と書き込んでいるのを見たので、「なにがあったの?」と何気なく聞いてみたところ「会ったら話す」と返信が来た。じゃあ、会いにいこうじゃないか。と、2週間後のドイツ行きのチケットを購入してから、飛行機が墜落する妄想しかしてこなかった。不安障害をこじらせてパニック障害になった私は、飛行機なんて乗れやしない。しかし、底知れぬ楽天主義でもあり、当日にはこの不安もどうにかなっているだろうという魂胆で生きてきた。何度もチケットを払い戻そうとしては、やはり死を覚悟してドイツに行こうじゃないかと自分を奮い立たせた。

チェックインを済ませ、保安検査場に行く。旅に出ることを告げた人たちから「気をつけて!」とメッセージが届く。「気をつけて」って……何か起こるってこと？　最悪なことが起こるから気をつけてってこと？　何をどう気をつければいいの？　ふとしたメッセージからも不安のシグナルを感じ、私はこれから死ぬのだという気持ちで飛行機に乗り込んだ。

ドーハから乗り継いでドイツに行く。ドーハ行きの飛行機は混んでいて、4列シートの真ん中の席しか取れなかった。隣には多分、ツアーでどこかに向かうであろうおばさんたち。飛行機が離陸するときも爆発する妄想がよぎり、少し呼吸が荒くなる。無事に離陸し、しばらく寝ていたら機内食の配給が来た。この飛行機はカタール航空のもので、日本人の客室乗務員はほとんどおらず、すべて英語である。インド訛りの英語で話しかけられ、なんとなく聞き取れた部分で、とりあえずチキンを頼んだ。客室乗務員はとなりのおばさんに話しかけるも、おばさんは「なに？わからない‼」と叫び、私がなんとなくの通訳をした。「すごいわね。英語ペラペラね」とおばさんに喜ばれ、「私たちはモロッコに行くの」と話しかけられた。モロッコという未知の土地に行くおばさんに少し勇気をもらいながらも、「ああそうですか」と眠いので適当に受け流して、目を瞑ると、おばさんがこてんと私の肩に頭を載せた。「私、彼氏じゃないですよ」と口から出そうになるのを抑え、無言で肩をふんぬと上にあげ、無事、おばさんの頭を引き剥がすことに成功した。それにしても、なんだったんだ。数回会話しただけのおばさんが、肩に頭を載せてくるとは。ドイツまでの23時間のフライト。このおばさんの不可解な行動に頭を支配され、次第に不安や恐怖という感情は薄れた。

現地時間14時。ドイツに到着。友人が空港まで迎えにきてくれた。特急電車でホテルのあるベルリン市街まで向かう。

ドイツの駅には改札がなく、チケットを買って打刻する。たまに駅員がちゃんと打刻しているか見にくるらしく、まるで抜き打ちテストのようだ。

電車に乗り込むと、そこにはドイツ語を話す人しかおらず、しかも、もれなく全員ビールを飲んでいる。電車の床に座り込みビールを飲むドイツ語話者。なにを言っているかまったくわからないことと、その仕草に不安や恐怖が現れた。ヨーロッパはスリが多いと聞く。私はこの人たちにスられるのだ。という確信めいたものが胸の中に閃く。ホテルのある駅につき、ポシェットの中身を確認する。よし、スられてない。

ホテルに到着して、駅で買ったカリーブルストを食べる。長旅に疲れた私は18時には就寝した。

ベルリンの街並みは少し鄙《ひな》びていて、それがおもしろい。目的地までの1時間半、石畳の上を歩いて向かう。キラキラとしたヨーロッパというよりかは、少しどんよりとしており、しかしながら公園が多く、自然が豊かである。5月にしては少し肌寒い。自転車に乗っている人が多く、自転車専用レーンが多い。みな一様に歩きタバコをしている。

私は喫煙者なのだが、飛行機もありタバコを2日吸っていなかった。うまそうに吸っているドイツ人を見ていると、私も吸いたくなってきた。しかしながら、タバコを販売している日本で言うコンビニのようなキオスクは、めちゃくちゃに暗く、怖い店主が一人で店番をしている。そんな怖い場所に私が入れるわけない。諦めていたが、ついにその恐怖よりもタバコを吸いたいという気持ちが勝り、キオスクへの入店を決めた。ラッキーストライクのブルーのやつをくださいと言うと、無言でタバコを渡され、金を渡し、無事に取引が成立した。手は震えていた。薬の副作用なのか、私の性分なのか、緊張するとすぐに手が震える。無事にタバコを吸え、全身にニコチンが行き渡るのを感じた。

3日目、私と友人はオランダに行く約束をしていた。セージというオランダ人の友人に会いに行くためだ。列車で行くという案もあったが、かなり時間がかかるので飛行機で行くことにした。この旅2回目（乗り継ぎをいれると3回目）の飛行機である。「邦人2名死亡」という新聞の見出しを勝手に作り出し、それが頭から離れない。しかし、ベルリンからアムステルダムまでの1時間半ほどの飛行機は、いつのまにやら離陸して、いつのまにやら着陸していた。今回も窓側の席ではないから、ただ目を瞑っているだけですんだ。

アムステルダムでは、蚤の市を回ったり、セージに案内してもらってワッフルを食べたりとただただ観光をした。大麻を吸わなくても満喫することはできる。

そしてまた、ベルリンに戻る。アムステルダムからベルリンまで、また「邦人2名死亡」という新聞の見出しを作り出しては不安になったりしたものの、いつのまにか着いていた。

戻ったベルリンは、アムステルダムのヨーロッパ然とした景色を見たからか、なんだか懐かしく、実家に帰ったような気分になった。が、私は2日しかベルリンに滞在していなかった。友人に連れられて、いろいろな場所を案内してもらったが、友人も5月の頭にベルリンに引っ越したばかりで、特に詳しいわけではなく、二人で「こんなところがあるんだねー」「そうなんだねー」と言い合いながら、観光を続けた。

ドイツで生まれたニベアのお店に行き、お土産を物色していると、なにやら香水らしきものがあり、ニベアの香水とはこれいかにと思い手首に振りかけ、匂いをかいでいたらそこには「Toilette」と書いてあり、Toiletteとは明らかにどう見てもトイレである。芳香剤である。私は異国の地で芳香剤を香水と勘違いし、おしゃれぶって手首にふりかけるなどして恥ずかしい。

最終日はすぐに空港に向かった。夕方の便だったので、なるべく早めに手続きを進めたいと思ったのだ。空港までの電車で、トランペットとサックスを吹いている人たちが乗り込んできた。急なジャズにたじろぎながらも、その音色に励まされ、財布に余っていた小銭をコップに放り込んだ。空港に着き、チェックインを済ませ、やはり窓側ではなく通路側の席をとった。お土産を物色し、いざ日本へ帰る。特にこれといって問題が起きるわけでもなく、ただ楽しいベルリンとアムステルダムの滞在だった。これでもし死んでも、特に不服はないほど充実した1週間だった。

離陸も着陸も、特に不安を感じることはなかった。いや、着陸のときだけこのまま機体がバラバラになるような不安に襲われたが、不安を抑えるのではなく、楽しむように心がけた。ドーハから日本までの飛行機では、斜め前が少し変わった人で、機内食をすべてスケールで測ってから食べており、それは一体なんなのかということを考えていたらいつのまにか10時間経っていた。変な人が一人いるだけで、私の不安は減る。変な人はいくらいてもかまわない。

無事に家に帰り、オンラインカウンセリングで処方してもらった薬を確認する。エビリファイがなくなって、セルトラリンという薬になっていた。ロラゼパム、セルトラリン、オランザピンを1錠ずつ。なんだか私は強くなった気になっている。乗り継ぎを合わせると、飛行機に6回乗った。あれだけ死を覚悟していたのに、今はこうやって生きている。死ぬかもしれない毎日と、薬を飲んでなんとなく生きている毎日。ベランダに立つと、死ぬ予感がして足がすくむ。しかし、私はベランダで風にあたる。そして、また部屋に戻る。

ヤンヤンつけボー卒塔婆

私が死んだら、卒塔婆《そとば》をヤンヤンつけボーにして食べて欲しい。あのお墓の後ろに刺さっている卒塔婆をクッキーにして、でっかいチョコレートにつけて食べてほしい。それが私の唯一の願いである。

通夜の席で、声高らかに「かんぱーい！」と言うほど無教養な私は、卒塔婆がいったいなんなのかまったくわからない。インターネットで調べてみると、卒塔婆は故人の追善供養のために立てるもので、卒塔婆を立てることは生きている人が善を積むことであると書いてあった。生きている人が善を積むことは、故人の善にも繋がるそうだ。その善を食べて欲しいというのが私の思いだ。なぜ食べて欲しいのかというと、ただ単純に、卒塔婆がヤンヤンつけボーのボー部分に似ていて、きっとでっかいヤンヤンつけボーを作ったら、楽しいに決まっているからである。ノリである。

とはいえ、死んだ後に「じゃあ、あとは頼んだ！」と生きている人に全てを押し付けてしまったら申し訳ない。そもそもどうやって卒塔婆の形のクッキーを作ればいいのかわからないし、大きなクッキーの作り方もわからない。クッキーは、生地を作ってそれを型抜きし、オーブンで焼いたらできる。卒塔婆の大きさのクッキーを作るためには、めちゃくちゃ大きな、それか細長いオーブンが必要なんじゃないか。そう考えると、うかうかしてられない。いつ死ぬかもわからない毎日。死後のことを考えるだけで不安になる。みんな、卒塔婆クッキーちゃんと作れる？

私はちゃんとした人間なので、しっかり生前に遺すものは遺します。ヤンヤンつけボー卒塔婆をこの手で作り上げてやるのだ。いろいろ調べてみたのだが、大きなオーブンまたは細長いオーブンを借りられる施設は見つからなかった。卒塔婆クッキーをここで諦めなくてはならないのか。しかし、卒塔婆サイズのヤンヤンつけボーではなく、ヤンヤンつけボーサイズの卒塔婆を作ってみるのがいいのではないか、と思い直した。デカいものを作りたい欲求はものすごくあるが、まずは身近にあるもので、作ってみよう。妥協も大切である。

3Dモデリングのソフトで卒塔婆のかたちをトレースし、3Dプリンターで卒塔婆のクッキー型をプリントした。3Dプリンターの仕組みを説明しておくと、フィラメントと呼ばれるプラスチックの太い糸を熱で溶かし、それを重ねて任意の形にしていくというものである。

私の使っている作業場にはオーブンレンジがないので、電子レンジで作れるクッキーのレシピを参考にし、生地を作り、その生地を薄く伸ばし、プリントした卒塔婆のクッキー型で型を抜く。くり抜いた卒塔婆たちを耐熱皿に載せ、レンジで3分。出来上がったものをワクワクしながら取り出すと、生地が膨らんでしまったことにより、卒塔婆の形を成していなかった。毛虫みたいになっていた。これは妥協の国で生まれた妥協のプリンセスの私としても妥協できない仕上がりなので、膨らまないレシピを検索して再び挑戦するが、やはり少しは膨らんでしまい、あの卒塔婆のカリカリしてそうな感じはまったく再現できなかった。

そうだ。3Dプリンターで作った型をはめたまま電子レンジで生地を加熱したら膨張しないんじゃないか。そう思った天才・藤原麻里菜は、ひらめいた通り行動に移し、3分待ち、ワクワクしながら電子レンジの扉を開けると、そこにはドロドロに溶けたプラスチックの塊が鎮座しており、毒々しい匂いが作業場に広がっていた。そうだよね。そうなんだよ。3Dプリンターはプラスチックを熱で溶かして形成する仕組みだから、その造形物に熱を加えたらそりゃ溶けるよね。その当たり前が頭から抜けており、もう、私ったらドジなんだから。と、自分を愛しながらも、このバカな行動を他人に見られるのが嫌なので、近くで作業している人に見られないように、そっとプラスチックの塊をゴミ箱に捨てた。

プラスチックの塊が、私の頭にこびりついている。あのドジは、私の中で自分は頭が悪いということを決定づける出来事となってしまった。頭が悪い自分が好きだが、度を過ぎると心配になってくるのも事実である。頭が悪すぎると死ぬリスクが高い気がしてしょうがない。雪山で大声を出したら雪崩《なだれ》が起きるということを30歳にして知った私は、自分っていつうっかり死んでもおかしくないなと思い直したのであった。プラスチックを溶かしたくらいで私の挑戦は終わらない。カリカリのクッキーのレシピを調べ始めたが、やはり電子レンジで作るのには限界があるらしく、オーブンレンジを使用しないといけないようだった。

チャイムを押すとすぐに犬の鳴き声がする。「おつかれー」と友人がでてきて、さっそくクッキーの生地作りをスタートさせた。友人は「ちょっと映画見てるね」と、ディズニープラスで配信されている映画を見て、感動して泣いている。その横で、私は卒塔婆をクッキーで作っている。オーブンレンジを持っている友人に目星をつけ、平日の昼間に押しかけたのだ。卒塔婆のヤンヤンつけボーを作りたいんだという私の言葉に、ものすごい苦笑いをしていた。オーブンを予熱し、再びプリントした卒塔婆のクッキー型で生地をくりぬく。オーブンに並べた卒塔婆たちを入れて、加熱する。ピピピ。オーブンから取り出すと、そこには膨らんでいないカリカリの卒塔婆たちができあがっていた。「ありがとう！　ありがとう！　卒塔婆ができた！」と友人に感謝をし、余った生地で丸いクッキーを作って二人で食べた。

卒塔婆クッキーはタッパーに入れて大切に作業場に持って帰り、レーザーカッターの上に並べる。卒塔婆には、なんか文字が書いてある。レーザーカッターでレーザーを当てて、クッキーを焦がすことで、文字をプリントしようと思ったのだ。イラストレーターというグラフィックデザイン用のソフトウェアで、ダウンロードした梵字のフォントを使ってなんかてきとうに文字をタイピングした。それをレーザーカッターのソフトウェアに送って、並べた卒塔婆クッキーにレーザーの光を照射する。並べた卒塔婆クッキーは誰がどう見ても卒塔婆に変身していた。文字があるだけで、こんなに違うのかと嬉しくなった。

あとは、これをヤンヤンつけボーのチョコレートにつけ、パクッと食べるだけである。買ってきたヤンヤンつけボーのボーたちを一度容器から出し、苦労して作った卒塔婆クッキーを入れる。そして、卒塔婆クッキーをチョコレートにつけようと思ったのだが、チョコレートがこんなにもかというくらい固く、卒塔婆クッキーがぽきっと折れてしまった。私の善が折れた。少しチョコレートを温めて柔らかくなってきた頃にもう一度クッキーをチョコレートにつける。今度は綺麗にくっつけることができた。ヤンヤンつけボーにはチョコレートの横にトッピングがついている。そのトッピングもつけ、卒塔婆がカラフルに彩られた。口に運ぶと、レーザーカッターで焦げた味がした。絶対に体に悪いやつだ。この卒塔婆を食べることで、変な病気になってしまいそうだ。手が止まった。

私の頭の悪さがきらきらと、道を照らしてくれる。その道が進むべき道かどうかはわからないし、進んだ道を振り返って、やっぱり違う道を進めばよかったと後悔することも増えてきた。しかし、頭の悪いノリで時間を潰せるのは人間だからこそである。私は暇なのだ。この世の中には頭の悪いノリがたくさんあり、私が生きてても死んでてもずっとそこにはノリがある。何かにならなくてもいい。ただそこにノリがあればいい。

ヤンヤン
つけボー

物を捨てまくる

結婚が決まった際、引っ越すお金を持っていない私たちは、私の住む1LDKの家に彼が荷物を運んで一緒に住むことにした。一人分のクローゼットには私の洋服が溢れており、ハンガーに掛けられているワンピースやコートを左側にぐっと押し込んで、無理やり夫の服を収納した。ベッドから体を起こし、クローゼットの前でその日着る服を選ぶ。ピンク色のワンピース。下着が丸見えになるキャミソール。カスタネットの柄のシャツ。個性のある洋服たちがずらりと並ぶクローゼットを眺めて10秒くらい考え、ズボンとTシャツを手に取る毎日だった。こんなにも可愛い服がたくさんあるのに、私はウエストがゆるゆるなズボンと、仕事でいただいたTシャツを着ている。

「かわいい」と思うものはお金が許す限り買ってしまう。それが自分に似合うとか似合わないとか、そういうことはあまり考えずにとりあえず買う。好きなデザインで埋まっているクローゼットを眺めていると、自分の輪郭がなぞられるようでうれしい。クローゼットから離れて鏡を見てみると、頬骨がでっぱっていて二重顎が目立つ輪郭が映っており、想像よりも醜い。

買ったものの一度も着ていないジャカード織のワンピースを試しに着用して鏡の前に立ってみることにした。淡い桃色をしており、チマチョゴリのようにバストあたりから裾にかけて広がっているデザインに一目惚れして購入したのだが、いざ着てみると、自分の太い足首と寸胴体型をこれでもかというくらい目立たせるそのワンピースに悪意しか感じず、すぐに脱いだ。悪魔だ。可愛いと思ったそれは、ただ私を貶める悪魔だった。もしかして、この服も。KENZOのビンテージである虹色のタイトなワンピースを着てみた。かろうじて入ったその服は、私のぽっこりお腹と野球選手のような強靱な下半身を露わにした。この服も。この服も。タンスの肥やしになっていた服たちを着て鏡の前に立つ。すべて可愛い服なのに、私が着ると全く可愛くない。肥やしといいながら、なにも成長させてくれないその服たちをすべて手放すことにした。古着やボロボロの服は残念ながら捨てることにして、まだ着れそうな服たちは段ボールにつめてリサイクルショップに送る。要るものと要らないものを選別していたら、結局下着類を除いて15着の服しか残らなかった。クローゼットにはゆったりとした空間が広がり、そのスペースを眺めてニヤニヤした。

キッチンの横にある大きな収納棚の扉を開けてみると、使っていない調理器具があり、これは捨てるべきだなと粗大ゴミに出した。下の段には私が推している韓国のアイドルグループのＣＤやグッズ、写真集などがあり、３日悩んだ末、それらもほとんど処分することにした。二人のオタク友達を自宅に招き、「これ捨てようと思ってるから、欲しいのあったら持って行って」と告げると、そのうちの一人が「え、捨てちゃうの？　もったいない！」と、ほとんどすべてのＣＤを持って帰ると言ってくれて、肩がちぎれそうで不安になるほどパンパンになったカバンを持ち、のそのそと帰って行った。「私は物が好きだから、捨てると言われたら悲しい」と言った友人の言葉を忘れられない。確かに壊れてもない物を「不要だから」という理由で捨ててしまうことは、罪悪感がある。しかし、私たちは限られたスペースで生活しており、不要なもので家を埋め尽くすことにも抵抗がある。

リビングでゲームをやっていたとき、ふと顔をあげるとテレビ台の横にある箪笥《たんす》が目に入った。ずいぶん前に中古品店で買った古い木の箪笥だ。ゲームを終了し、箪笥の中に収納してある文房具やケーブル類を整理した。手元に残すものはクローゼットの中にある収納箱に入れて、中身を空にした箪笥を手放した。その後も使っていないスツールなどを手放し、部屋がスッキリしたのだが、なんだかまだ圧迫感を感じる。リビングにあるテレビ台は、テレビをぐるりと棚が囲んでいるデザインで、天井に届きそうなくらいの高さがある。これのせいだと確信した私は、夫と協力してテレビを囲む棚を取り外し、木の板を粗大ゴミに出した。物がなくてせいせいする。私は、要らないものを作ったり、余計なことをすることが生きがいだけれど、なぜだか今は要らないものを手放すことにどハマりしている。その矛盾に自分の信念のなさを感じながらも、すっきりとしたテレビの横に河原で拾ってきた石を並べた。椅子や簞笥を捨てても、拾ってきた石は捨てられない。私にとって必要なものってなんだろう。

作業場として借りている場所に行き、物で溢れた部屋を掃除した。不用品回収業者を呼んで、大きな扇風機や使っていなかったチェストなどを引き取ってもらい、だいぶすっきりと片付いた。続いて借りている倉庫に向かった。倉庫には今まで「無駄づくり」というプロジェクトで作ってきた役に立たないマシーンが所狭しと置いてある。しかし、それらをすべて処分し、倉庫を解約する。作品は自分の子どもだという芸術家は多いが、私はうんこだと思っており、うんこを保管するために毎月倉庫代を払うのがなかなかしんどくなってきたのだ。それに、過去の作品と決別して、新しい日々を送りたいとも思っている。こちらも不用品回収業者を呼び、見積もりをとってもらうと、17万円と言われた。うんこだと言いながらも、これらは私がけっこう苦労してお金と時間をかけて作ったものたちだ。「全部ゴミですね」と言われ、今まで私が作ってきたものはゴミだったのか。確かに、ゴミか。倉庫の解約は決まっているし、しょうがないので支払うことにした。私がもし今死んでしまったら、この大量の無駄なものを家族に押し付けることとなり、心配もある。しかし、無駄なものを自分勝手に作っておいて、自分勝手に捨ててしまうのは道徳的にどうなんだろう。捨てるという行為は、どうしても悪いことをしている気持ちになる。ただ、処分した後のすっきりとした空間を見ると、寂しさはない。

不要なものがこの世には必要だからと作っていたけれど、それらもやっぱり時が経てば本当に不要になり、私は新しい不要なものを作るためにそれらをいつかは処分しなければならなかった。不要な物を作って愛でている私が、それを捨てるなんてことをしてもいいのだろうか。やはり私の中に信念なんてものはなく、ただ自分勝手に生きているだけのように思える。

翌日、実家に行き、自室として使っていた場所に保管してあるCDやDVD、本などを整理することにした。祖母はずっと一人暮らしをしていたのだが、高齢になってきたので母のいる実家で同居することになった。祖母のスペースを作るため、実家に置いてある私たち姉妹のものをなるべく処分するようにと母から言われた。私はこれだけは手元に残しておきたいという物を段ボールの中に避難させて、それ以外はすべて処分することにした。ここにあるCDやDVD、本は学生のときに自分を救ってくれたものであり、それを不要だと捨ててしまうのは失礼だし忍びないと思うが、やはりこれらを全て保管するスペースを私は持っていなくて、罪悪感でいっぱいになりながらも手放した。作業が終わったので姉のほうに行くと、プリキュアが大好きでその玩具を集めていた彼女はそれらに囲まれながら困った顔をしていた。

物がなくなっていく様を見ていると、心に張り付いた過去が洗い流されるような気持ちになる。自分自身を作ってきたものたちは、私の血肉となり、捨てたところで無くなることはない。以前はメルカリなどで自分の書籍が出品されていると、悲しい気持ちになったのだが、必要から不要に変わっただけのことをそんなに悲しむ必要はない。全ての物は不要になる可能性を秘めている。読み込んだ形跡のある私の著書に震える手でサインを求めてくれた彼女も、きっといつかはその本を捨てるときが来るんだろう。寂しいけれど。

その日の夜、夢を見た。シルバニアファミリーで遊んでいるのだが、おもちゃの家の中は不用品で溢れていて、それを隣にいた見知らぬ子どもに押し付ける夢だった。無意識に物を捨てることを考えており、もうこれは何かの病気ではないかと思い、私はそこから捨てることを我慢した。このままだと、見知らぬ家に侵入して、勝手に物を捨てるという奇行に走ってしまいそうだ。

世の中にはたくさんの物が売っていて、私の購買意欲を掻き立てる。作りたいもののアイデアがひっきりなしに湧いてきて、道具と材料を買ってそれを生み出す。物を買い、物を生み出すことと、時間が経ってそれらを手放すこと。

以前より物を買うことが少なくなった。服が15着しかないから、穴が空いたら塞いで着ることにしている。しかし、読みたい本は感情の赴くままに買い、作りたいものは勢いで作る。本棚が溢れて床に置いている。作ったものは相変わらず居住スペースを圧迫している。拾ってきた石や木の枝が、とても静かにそこにある。

＊初出　「文學界」二〇二二年一月号〜二四年十月号
（「余計なことで忙しい」を改題）

装画　藤原麻里菜「『犬』の模写」
装丁　永井翔

著者略歴

1993年、横浜生まれ。発明家、文筆家。株式会社 無駄 代表取締役。不必要な物を工作・発明する「無駄づくり」活動を展開。著書に『無駄なマシーンを発明しよう！～独創性を育むはじめてのエンジニアリング～』『不器用のかたち』などがある。

メルカリで知《し》らん子《こ》の絵《え》を買《か》う

二〇二五年三月十日　第一刷発行

著　者　藤原麻里菜《ふじわらまりな》

発行者　花田朋子

発行所　株式会社　文藝春秋

〒102－8008　東京都千代田区紀尾井町三―二三

電話　〇三―三二六五―一二一一（代）

印刷所　大日本印刷

製本所　大口製本

DTP制作　ローヤル企画

万一、落丁・乱丁の場合は、送料当方負担でお取替えいたします。小社製作部宛、お送り下さい。定価はカバーに表示してあります。

本書の無断複写は著作権法上での例外を除き禁じられています。また、私的使用以外のいかなる電子的複製行為も一切認められておりません。

©Marina Fujiwara 2025

Printed in Japan

ISBN978-4-16-391956-0